Mörderisch unterwegs

– in Güstrow

Ulrike Bliefert und Anja Feldhorst (Hrsg.)

Mörderisch unterwegs – in Güstrow

Kriminelle Kurzgeschichten

Impressum

Bibliografische Information der Deutschen Nationalbibliothek:
Die Deutsche Nationalbibliothek verzeichnet diese Publikation in der Deutschen Nationalbibliografie; detaillierte bibliografische Daten sind im Internet über http://dnb.dnb.de abrufbar.

© 2019 Ulrike Bliefert und Anja Feldhorst

Lektorat: Ulrike Bliefert, Anja Feldhorst
Layout: Anja Feldhorst, Berlin
Covergestaltung: Marion Kaiser, Marienfließ

Herstellung und Verlag: BoD – Books on Demand, Norderstedt

ISBN: 978-3-7504-0974-3

Inhalt

Ulrike Bliefert
Der Club der abgelegten Kurtisanen 7

Uschi Kurz
Der Tod der alten Dame..23

Astrid Ann Jabusch
Komm mit nach Güstrow!...37

Anja Feldhorst
Die *Hüpfende Alte*...45

Über die Autorinnen..61

Der Club der abgelegten Kurtisanen

oder

Wie der Güstrower Zimtlikör erfunden wurde

von Ulrike Bliefert

Man schrieb das Jahr 1703, und ganz Güstrow drängelte sich an der Auffahrt zum Schloss: „Da sind sie!" und „Ah!" und „Oh!" und „Mon Dieu, wie elegant!"

Die mit dem „Mon Dieu" waren vermutlich diejenigen, die Güstrow infolge der Ereignisse den Beinamen „Klein-Paris" verliehen hatten – völlig übertrieben, natürlich. Aber einen Hauch von Großstadtflair und Savoir-vivre konnte man damals – und kann man auch heute noch – in der Mecklenburger Provinz ganz gut gebrauchen.

Obwohl: Eigentlich hatten die Güstrower damals allen Grund, die Nase sogar noch ein bisschen höher zu tragen als die Pariser. Die waren ihrem Sonnenkönig offenbar nicht gut genug; denn der war schließlich mit Sack und Pack nach

Versailles umgezogen. Als Louis quatorze und seine Hof-
schranzen den dortigen Neubau noch trockenwohnen mussten, war das Güstrower Schloss längst fertiggestellt. Und überhaupt: Spiegel aneinanderreihen kann schließlich jeder. Aber
sowas Einmaliges und überaus Entzückendes wie Christian
Parrs Hirschrelief – das im Festsaal der ehemaligen herzoglich-
güstrowischen Residenz, mit den echten Geweihen – konnte
der gute Ludwig bei Weitem nicht vorweisen.

Doch zurück zu jenem sonnig-warmen Augusttag, als fünf
hoch modisch aufgetuffte jungen Damen ihren Kutschen ent-
stiegen – vom protestantisch-bescheidenen Güstrow mit offe-
nen Mündern bestaunt: Sidonie und Amélie, die rothaarigen
Zwillinge, trugen identische – von der langen Kutschfahrt allerdings ziemlich zerknautschte – Ensembles in Grün- und Ro-
satönen, Jonata-Adele unterstrich ihre Jugend – sie war erst
fünfzehn – mit einem tief dekolletierten Traum aus sahnegel-
ben Spitzenkaskaden, und die blassblonde Jekaterina wirkte in
ihrem Manteau aus bischofslila Atlasseide wie eine vom
Schicksal gebeutelte Märchenprinzessin. Als Letzte entstieg
die pummelige Peternella ihrer Kutsche. Die älteste der Fünf
hatte sich für Brokat und in herbstlichem Gold changierendes
Zimtbraun entschieden – farblich geradezu ein Vorbote dessen, was da kommen sollte.

Doch am Tag ihrer Ankunft dachte noch keine der Schweriner Demoisellen an feuchte Wände und herabfallenden
Stuck, und über ausreichend vorhandene Potenzmittel mussten sie sich erst recht keine Sorgen machen: Für einen dem herzoglichen Appetit auf coitale Freuden entsprechenden Vorrat
an Zimt hatte das Küchenpersonal zu sorgen, denn wie sich
einst bei Herzog Friedrich Wilhelms Selbstversuch erwiesen
hatte, zeitigte Zimt den gewünschten Effekt im selben Maße

wie die wesentlich teurere „Spanische Fliege" und war dieser in Sachen Nebenwirkungen sogar haushoch überlegen.

„Willkommen in Güstow!" Der Majordomus machte einen artigen Kratzfuß.

„Fief Wiever op eenmal?", wisperte Jacob, der Füerböter. „Wie will Dörchläuchting dat wull schaffen?"

„Hol dien Muul, Jacob!" Den Majordomus bewegten zwar angesichts der lebenslustigen Damenriege dieselben Gedanken, doch Dörchläuchtings erotische Probleme mit dem herzoglichen Kamin-Anheizer zu diskutieren, entsprach nun mal nicht dessen Rang in der Gesindehierarchie. Und überhaupt galt es zunächst einmal, Peternella und die anderen vier Damen – gefolgt von Mariechen, deren einziger Zofe – durch das Spalier der Güstrower Domestiken ins Innere des Schlosses zu geleiten.

„… blaue Reiherfedern in 't Hoor!" Anna Timm, die Köchin, seufzte hingerissen.

„Das sind Straußenfedern!", versetzte Lazzarini.

„Wenn du nur allens beter weetst!" Anna Timm kicherte und rammte dem Kastraten freundschaftlich den Ellenbogen in die Rippen.

„Autsch!", quiekte Lazzarini – doch auch das war eher symbolisch gemeint. Der einst ob seiner Engelsstimme gefeierte Sänger – nunmehr im Lauf von über siebzig Lebensjahren krumm und hutzelig gewordenen – aß auf Schloss Güstrow sein Gnadenbrot, und sich die Sympathie der Köchin zu verscherzen, wäre mehr als leichtfertig gewesen.

Als die Schweriner Kurtisanen ihr künftiges Zuhause betraten, nickten sie dem knicksenden und dienernden Schlosspersonal huldvoll zu, auch wenn ihnen etwas unbehaglich wurde angesichts der Tatsache, dass sich Herzogin Magdalena – Hausherrin und Witwe des ehemaligen Güstrower Schlossherrn – zur Begrüßung nicht blicken ließ. Magdalena Sibylla verließ auch an den folgenden Tagen ihre Gemächer nicht, um Friedrich Wilhelms Mätressen ihre Aufwartung zu machen.

„Nun gut …" Peternella zeigte dafür durchaus ein wenig Verständnis: Die Güstrower Linie war mangels männlicher Erben mit dem Tod Gustav Adolfs erloschen, und es kam Magdalena als dessen Witwe mit Sicherheit nicht zupass, dass sich ausgerechnet der „Schweriner Schlawiner" – wie Friedrich Wilhelm hinter vorgehaltener Hand genannt wurde – handstreichmäßig das Güstrower Herzogtum samt Schloss einverleibt hatte.

„Aber nach all den Erbfehden der vergangenen Jahre kann sie über den neuerdings herrschenden Frieden doch eigentlich ganz glücklich sein", wandte Sidonie ein. „Warum also lässt die sich Alte partout nicht blicken?"

„Die ist zweiundsiebzig! Wahrscheinlich schafft sie 's nicht mehr aus'm Bett."

Mit Rücksicht auf Jonata-Adeles Jugend ließ Peternella deren respektlose Bemerkung unkommentiert. „Viel näherliegend ist, dass ihre Weigerung, uns angemessen zu begrüßen, mit unserem Tätigkeitsfeld zusammenhängt", stellte sie trocken fest.

Jekaterina seufzte und die Zwillinge nickten versonnen.

Nicht, dass der Beruf der Kurtisane seinerzeit etwas Anrüchiges an sich gehabt hätte. Es war durchaus eine ehrenhafte Beschäftigung, die – meist lediglich aus dynastischen oder pekuniären Gründen geehelichten – Gattinnen des Hochadels hinsichtlich der körperlichen Gelüste ihrer Angetrauten zu entlasten. Allerdings war bisher noch keiner auf die überaus dreiste Idee gekommen, seine aktuellen Mätressen in einem fremden Schloss unterzubringen, noch dazu einen ganzen Tagesritt vom eigenen Hauptwohnsitz entfernt.

Doch der „Schweriner Schlawiner" hatte gute Gründe für das temporäre Auslagern seiner Nebenfrauen. Erstens war sein Grundbedarf an erotischen Abenteuern bereits vollständig durch das Etablissement gedeckt, das er sich vor zehn Jahren extra zu diesem Zweck in Hamburg hatte bauen lassen, zweitens hatte er mit seinen achtundzwanzig Jahren bereits acht oder neun Beikinder gezeugt, was eventuelle Zweifel an seiner Männlichkeit nachhaltig ausschloss, und drittens beabsichtigte er – nach zwei gescheiterten Versuchen – endlich zu heiraten, wobei der Umfang des Mädchennamens seiner Zukünftigen bereits zu schönen Hoffnungen hinsichtlich der Expansion der mecklenburgisch-schwerinischen Latifundien Anlass gab: Sophia Charlotta, Landgräfin zu Hessen-Kassel, Fürstin zu Hersfeld, Gräfin zu Katzenelnbogen, Dietz, Ziegenhain, Nidda und Schaumburg!

Darüber hinaus wurde die Produktion eines legalen Erben immer dringlicher.

Doch genau da lag das Problem.

Ich bitte die geneigte Leserschaft, mir zu verzeihen, wenn ich mich im Folgenden hinsichtlich einer unter Historikerinnen und Historikern bis heute umstrittenen Tatsache auf die Seite derer schlage, die sagen: „Ja, genau so war es", denn die Indizien sprechen nun mal dafür, dass die Nebenhodenkanälchen seiner Durchlaucht infolge einer – verzeihen Sie meine Offenheit – nicht behandelten Geschlechtskrankheit unwiderruflich verschlossen waren. Durchlauchts Pech war, dass es bis zur Entdeckung der Gonokokken noch 176 Jahre dauern sollte, kurz: Nach einem guten Jahrzehnt voller Ausschweifungen hatte der Herzog Schwierigkeiten mit seiner einst geradezu sprichwörtlichen Standfestigkeit. Und verdammt weht tat es auch.

Es war daher im Hinblick auf die Produktion eines herzoglich-schwerinischen Erben klug, die Anlässe, bei denen Durchlaucht sich seines Zeugungsorgans bedienen musste, zumindest mittelfristig auf die künftige Gattin zu beschränken.

Als Nachgeborene darf ich Ihnen verraten, dass Friedrich Wilhelm mit den entsprechenden Bemühungen leider nicht den gewünschten Erfolg hatte: Seine Ehe blieb kinderlos, und weitere Beikinder wurden – wen wundert's? – ebenfalls nicht gezeugt.

Aber all das konnte der Schweriner Schlawiner natürlich nicht ahnen, und so beschloss er – noch vor der offiziellen Verlobung mit Sophia Charlotta, Landgräfin zu Hessen-Kassel, Fürstin zu Hersfeld, Gräfin zu Katzenelnbogen, Dietz, Ziegenhain, Nidda und Schaumburg – das annektierte Güstrower Schloss zur Zwischenlagerung seiner außerehelichen Geliebten zu nutzen: Wohnte ja eh nur die Witwe des Vorbesitzers drin; von daher war Platz genug. War erstmal ein herzoglich-schwerinischer Erbe produziert, konnte man ja gegebenenfalls auf die Demoisellen zurückgreifen; immer vorausgesetzt, die Schmerzen beim … na, Sie wissen schon … gingen irgendwann vorüber. Doch wie wir heute wissen, sollte das Schicksal anders entscheiden: Das Letzte, was die Demoisellen von ihrer Schweriner Heimat sahen, waren die drei herzoglichen Kutschen, mit denen sie gekommen waren. Die verschwanden auf Nimmerwiedersehen in einer hochsommerlichen Staubwolke, und seitdem herrschte – wie wir heutzutage zu sagen pflegen – Funkstille.

Können Sie sich vorstellen, wie öde und langweilig das Leben ist, wenn man außer Kurtisanesein nichts gelernt hat und arbeitslos in der Mecklenburger Provinz festsitzt? Und der Schlawiner von Dienstherr schickt einem nicht mal mehr 'ne Ansichtskarte? Gut, seinerzeit gab es sowas noch nicht, aber es hätte ja ersatzweise auch ein hübsches Schmuckstück oder eine jener hochmodernen Deckelvasen mit Schwänchen an den Henkeln sein können.

Aber nichts dergleichen geschah. Und die Güstrower Hausherrin ließ sich weiterhin nicht blicken.

Die einzige Abwechslung bestand in Emiliano Lazzarinis Gesangsdarbietungen, bei denen der Alte jedoch auch an guten Tagen nur noch jeden dritten, vierten Ton zu treffen pflegte. Aber seine Arien waren zweitrangig. Der Kastrat – die fünf Damen versicherten ihn ein um's andere Mal ihres Mitgefühls hinsichtlich seiner berufsbedingten Invalidität – hatte in seiner Jugend an etlichen europäischen Fürstenhöfen als „La Voce" und „Der Sänger mit der Engelsstimme" reüssiert und konnte daher die herrlichsten Anekdötchen zum Besten geben. Zum Beispiel die über Zar Alexei Michailowitschs Widersacher Stenka Rasin. Der wurde einst von seinen Mannen beim Beischlaf mit einer persischen Prinzessin überrascht, und da die Herren ihm überzeugend darlegten, dass Geschlechtsverkehr die Kampfkraft schwäche, machte Stenka Rasin brav die Hose wieder zu und hielt – da er sich auf einem Schiff befand – eine innige Ansprache an die Wolga: „Liebe Mutter, du russischer Strom …" Am Ende seiner Ausführungen erklärte er, der liebe Mutterstrom habe bis dato noch kein Geschenk eines veritablen Donkosaken wie seiner Wenigkeit erhalten, aber jetzt sei es so weit. „Und damit", beendete Lazzarini seinen Vortrag, „schmiss Stenka Rasin die Prinzessin in den Fluss." Da persische Prinzessinnen seinerzeit vermutlich keinen Schwimmunterricht hatten, dürfte die Arme jämmerlich ertrunken sein. Es gab die Geschichte auch als Volkslied, und Lazzarini ließ es sich nicht nehmen, zwischen beiden Vortragsformen zu wechseln, auch wenn zu Letzterer – wer den Donkosaken-Chor kennt, weiß, was ich meine – ein Bariton, wenn nicht gar Bass vonnöten gewesen wären. Wie auch immer: Bis auf Jekaterina lachten sich die Damen an der Stelle, an der Stenka Rasin die Prinzessin ins Wasser schmiss, jedes Mal schief. Jekaterina hingegen bejammerte die Prinzessin mit einem sehr russisch klingenden „Oi-oi-oi!", obwohl sie in Wirklichkeit Kathrin hieß und aus Penzlin – und nicht aus Moskau – stammte.

So gingen die Tage ins Land, aus Wochen wurden Monate, die Herzoginwitwe ließ sich immer noch nicht blicken, und der durchlauchte Schlawiner mühte sich im fernen Schwerin nach wie vor vergeblich um die Zeugung eines herzoglichen Erben.

Es wurde kühl in Güstrow. Empfindlich kühl.

Doch der reitende Bote, der mit dem Ersuchen um warme Kleidung, Federbetten und ein bisschen Taschengeld nach Schwerin entsandt worden war, kam unverrichteter Dinge zurück: Durchlaucht lasse ausrichten, Herzoginwitwe Magdalena sei doch gewiss so freundlich …

Nein, so freundlich war sie nicht, und nach der der Entlohnung des Boten waren auch die letzten Taler der fünf Damen aufgebraucht.

Wenn Lazzarini das Lied von Stenka Rasin sang, machten sich allmählich Mordgedanken in den Köpfen unserer schnöde abgelegten Kurtisanen breit, und wenn sie die ersäufte persische Prinzessin in Gedanken durch die Herzoginwitwe ersetzten, wurde ihnen wenigstens vorübergehend warm ums Herz.

Natürlich hielt die Wärme nicht lange an; schließlich befand sich Güstrow anno 1703 mitten in der sogenannten Kleinen Eiszeit.

Jacob, der Füerböter, zuckte bedauernd die Schultern, wenn die fünf bibbernden Damen sich beklagten.

„Wat süll ik maken?" Das Feuerholzkontingent sei strikt rationiert. Aber es gebe im Haus schließlich Schafwolle in Hülle und Fülle, und die Demoisellen könnten sich vielleicht fürs Erste ein paar warme Socken stricken.

„Schafwolle!" Sidonie schrie geradezu auf vor Entsetzen. „Ungefärbt und kratzig!" Doch die hugenottischen Seidenweber, Schönfärber und Strumpfwirker, die der verblichene Gustav Adolf einst in Güstrow angesiedelt hatte, waren im Zuge der Erbfolgefehden längst weitergezogen.

Als Peternella das Reißen in den Beinen bekam, folgten die Demoisellen nolens volens Jacobs Rat, und Anna Timm brachte ihnen mit bewundernswerter Geduld das Stricken bei. Das half zwar ein wenig gegen die Langeweile, doch nur bedingt gegen die fallenden Temperaturen: Je kälter es wurde, desto tiefer sank die einstmals so erfrischend gute Laune der fünf Damen.

Kurz vor Weihnachten heiratete Mariechen, die einzige Zofe, die ihnen der Schweriner Schlawiner zugebilligt hatte, einen rotwangigen Schweinezüchter aus Mistorf-Käselow: „Besser in 'ner warmen Bauernstube als vor Kälte schlotternd im Güstrower Schloss!"

Der Abschied war tränenreich.

Nach Dreikönig schneite es unaufhörlich, und als sich grünblauer Schimmel an den Wänden bildete und die Tapisserien einen modrigen Geruch abzusondern begannen, senkte sich Schwermut über die Damenriege.

Lazzarini versuchte sie mit Arien aus Rossis Orfeo und Kantaten von Pasqualini aufzuheitern – vergebens. Nur wenn er die Ballade von Stenka Rasin sang, hellte sich ihre Stimmung ein wenig auf.

„Wir sollten's mit der Alten genauso machen." Jonata-Adele sprach schließlich aus, was allen in den Köpfen herumspukte.

„Madonna!" Lazzarini schlug entsetzt die Hände über dem Kopf zusammen. „Ihr wollt die allerdurchlauchtigste Herzoginwitwe in die Nebel schmeißen?"

Amélie, Sidonie und Jonata-Adele nickten, und Jekaterina gab ein herzhaftes „Ih-jetztz!" von sich, wobei es sich sowohl um ein erkältungsbedingtes Niesen als auch um ein russisches „Jawoll!" handeln konnte.

Natürlich war das mit dem Ersäufen nicht ernst gemeint, aber der Stachel saß. Besonders bei Lazzarini. Dem waren seine „Fünf Frostbeulchen", wie er sie zärtlich nannte, mittlerweile regelrecht ans Herz gewachsen. Nach zwei, drei schlaflosen Nächten hatte er einen perfiden, aber aller Voraussicht nach umso wirksameren Plan. Dieser betraf das heiß geliebte Schoßhündchen der Herzoginwitwe, und es bedurfte zu seiner Durchführung lediglich der konspirativen Hilfe von Köchin Anna.

Moment! Bevor sich bei Ihnen, meine geneigten Leserinnen und Leser, jetzt Entsetzen breit macht: Nein! Es ging in keiner Weise darum, den kleinen Kläffer zu kochen, zu braten oder gar zu Wurst zu verarbeiten. Er – oder besser „Sie" – eine schiefzahnige kleine Malteserhündin namens Mafalda – sollte vielmehr entführt und so lange als Geisel gehalten werden, bis ihr Frauchen sich bereit erklärte, für genügend Feuerholz, für warme Kleider und – ganz allgemein – für einen angemessenen Komfort ihrer unfreiwilligen Untermieterinnen zu sorgen.

Natürlich ist ein geliebtes Haustier für derlei kriminelles Tun per se schon mal prädestiniert. Aber Schoßhündchen hatten seinerzeit über das Niedlichsein und Dankbargucken hinaus noch etliche andere Aufgaben zu erledigen: Sie wärmten das Bett an, zogen lästige Flöhe von ihren Besitzerinnen ab und übernahmen gelegentlich auch Aufgaben im erotischen Bereich, kurz: Ihr Fehlen war in vielerlei Hinsicht schmerzhaft und ihre Besitzerinnen entsprechend erpressbar.

Um an Mafalda heranzukommen, bedurfte es allerdings einer ausgeklügelten Strategie, denn sowohl der Majordomus, der den Westflügel gegen das Betreten durch Unbefugte entschlossen zu verteidigen pflegte, als auch Magdalena Sibylla selbst mussten für die Dauer der Entführung außer Gefecht gesetzt werden.

Und hier kam Köchin Anna Timm ins Spiel.

Es war ein offenes Geheimnis, dass sowohl die allerdurchlauchtigste Herzoginwitwe als auch ihr Haushofmeister gern dem einen oder anderen Likörchen zusprachen. Besonders nach Sonnenuntergang. Anna Timm hütete das Rezept zu dessen Herstellung – der Überlieferung zufolge anno 1532 von einem dem Hofe Heinrichs II. entlaufenen Küchenjungen aus Frankreich mitgebracht – wie ihren Augapfel, und der Destillationskolben lagerte in einem sorgfältig verschlossen gehaltenen Raum jenseits der Speisekammer.

Doch Gottseidank war Anna Timm – wie es sich für Köchinnen gehört – eine ausgesprochen mütterliche Person, sodass es keiner großen Überredungskünste bedurfte, sie in die Sache einzubeziehen

Jekaterina erachtete es zwar nach wie vor für billiger und weniger zeitraubend, die Herzoginwitwe Stenka-Rasin-mäßig zu ersäufen, doch nach längerem Zureden unterwarf sie sich dem Mehrheitsbeschluss.

Und so ging man mit Feuereifer ans Werk!

Zunächst galt es, einen ordentlichen Schluck Laudanum sowohl in Magdalena Sibyllas Likörkaraffe als auch in des Majordomus' „Schlaftrunk" – der gleichermaßen aus Anna

Timms Likör bestand – zu praktizieren. Die Mischung sollte die beiden innerhalb kürzester Zeit in jenen Tiefschlaf versetzen, der vonnöten war, um Mafalda aus dem Bett ihrer Herrin zu klauben, unbemerkt mit ihr zu verschwinden und sie anschließend nach Mistorf-Käselow in Mariechens gut geheizte Bauernstube zu verbringen. Mariechens Angetrauter war ein gutmütiger Kerl und hatte ohne viel Federlesens eingewilligt, der pelzigen kleinen Geisel Unterschlupf zu gewähren.

Anna Timm tröpfelte das Laudanum mit aller gebotenen Sorgfalt in den Kräuterlikör, und Lazzarini und die Damen standen aufs Höchste gespannt um den Küchentisch herum, als sie den Zeigefinger in die Mischung steckte, um den Geschmack zu testen.

„Igitt!"

Es schmeckte scheußlich.

„Pfui Teufel!"

„Eklig!"

„Ungenießbar!", befanden nach entsprechender Prüfung auch die Damen, und Lazzarini schüttelte sich angewidert. Jekaterina nahm den nicht zu leugnenden Rückschlag zum Anlass, nochmal allgemein über Plan B – das Ersäufen – nachzudenken. Doch da die Nebel bis auf Weiteres zugefroren war, kam man überein, bei Plan A zu bleiben und sich um eine angemessene Geschmacksverbesserung zu bemühen. Nur standen Obst oder frische Kräuter zum Ansetzen eines Likörs, der mit viel Glück den bitteren Geschmack von Opiumtinktur, Alraune und Tollkirsche übertünchen könnte, jahreszeitbedingt nicht zur Verfügung.

„Wat nu?" Anna Timm schaute ratlos in die Runde.

„Nessuna idea." Lazzarini zuckte mit den Schultern, Jekaterina murmelte „Ersäufen …", Sidonie und Amélie weinten leise vor sich hin, und Jonata-Adele strich stöhnend über die Frostbeulen an ihren Fingern.

„Allens Schiet", stellte Anna Timm pragmatisch fest. Die Verschwörertruppe brütete dumpf vor sich hin: Eine gefühlte Ewigkeit lang schien die Sache ein für alle Mal verloren – bis Peternella plötzlich aufsprang. „Wenn's mit der Liebe nicht recht stimmt, ist segensreich ein Prieschen Zimt!", erklärte sie triumphierend. Die anderen Damen brauchten nur einen Sekundenbruchteil, um das Gesagte zu verarbeiten. Dann sprangen auch sie auf, herzten ihre dienstälteste Kollegin, nahmen sich bei den Händen und tanzten – die verdatterte Anna Timm in ihrer Mitte – im Ringelreihen durch die Schlossküche.

„Per favore …?" Lazzarini blieb regelrecht die Spucke weg.

Statt einer Antwort formierte sich der Damentrupp zu einer Polonaise und hüpfte euphorisch in Richtung Speisekammer. Denn da lagerten sie, ungenutzt und unberührt: Unmengen von Zimtstangen! Ursprünglich zur Stärkung des schwerinisch-schlawinerischen Genitals gedacht, fristeten sie hier seit Monaten ein ebenso einsames Dasein wie die Damen selbst. Doch damit war es nun vorbei! Die Intensität des Zimt-Aromas, gepaart mit dem bittersüßen Geschmack, würde mit ein wenig Glück das fiese Laudanum überlagern!

Gesagt, getan!

Allerdings dauerte die Mazeration – das Einlegen der Zimtstangen in Alkohol – ein paar Wochen. Doch die Damen waren erfinderisch und wussten sich mit langen, gestrickten Unterhosen, Pulswärmern und Pudelmützen zu behelfen.

Schließlich wurde der Zimt-Ansatz zweimal destilliert und gemäß Arnald von Villanovas jahrhundertealter Likör-Rezeptur mit reichlich Honig gesüßt.

Es schmeckte köstlich, und das Endprodukt bestand mit Bravour den Laudanum-Vertuschungstest! Man ging sogar davon aus, dass die Herzoginwitwe angesichts des unerhörten Wohlgeschmacks die erpresserische Entführung ihres Hündchens alsbald verzeihen und um Nachschub ersuchen würde.

Und so setzte Anna Timm in weiser Voraussicht gleich eine ganze Batterie neuer Flaschen an. Schließlich würde auch der Majordomus daran partizipieren, und sie selbst war ebenfalls nicht abgeneigt, davon zu naschen.

Jetzt galt es nur noch, Mafaldas Entführung minutiös zu planen! Am letzten Sonntag nach Epiphanias sollte es soweit sein. Anna Timm würde den mit Laudanum versetzten Likör servieren und während Jekaterina – für alle Fälle mit einem Nudelholz bewaffnet – den arglos vor sich hin schnarchenden Majordomus bewachte, sollte Peternella Mafalda den Armen der vermutlich ebenfalls schnarchenden Herzoginwitwe entwinden und Sidonie und Amelie zum Weitertransport nach Mistorf-Käselow übergeben. Jonata-Adele strickte zu diesem Behuf in Windeseile eine warme Hundedecke, und Ex-Zofe Mariechen kochte bereits vorsorglich herzoglich-hochwertiges Hundefutter, während ihr Mann dem kleinen Köter ein Körbchen flocht und neben dem Kaminfeuer postierte.

Doch am Morgen des zweiten Februar – wenige Stunden vor der geplanten Tat – geschah es: Es bimmelte.

In aller Herrgottsfrühe.

Bim-bimmel-bim-bim-bim!

Silberhelle Glöckchen, so zart und frohgemut, als schwebe eine Schar Engelein vom Himmel hernieder.

Ein Blick aus dem Fenster offenbarte jedoch das Gegenteil: Die Herzoginwitwe – eine füllige Matrone – stapfte in den Schlosshof, bis zur Nasenspitze eingemummt in mehrere Lagen Pelze. Mit Hilfe des Majordomus bestieg sie den wartenden Reiseschlitten, in ihren Armen – zwischen Muff und Mantel behaglich eingekuschelt – Mafalda. Und – Bimmel-bimmel-bim-bim-bim! – fuhren das Frauchen und sein Hundevieh fröhlich davon.

„Dat wor't dann woll", brummte Anna Timm. Der Westflügel war verschlossen, und die allerdurchlauchtigste Herzoginwitwe würde nach Auskunft des Majordomus keinesfalls vor Sommeranfang heimkehren. Schließlich hatte die Gute vor acht Jahren schlauerweise ihr Töchterchen Louisa mit dem damaligen Kronprinzen und jetzigen Friedrich IV., König von Dänemark und Norwegen, verheiratet. Und sie konnte mit Fug und Recht davon ausgehen, dass sie bei ihrem royalen Schwiegersohn komfortablere Wohnverhältnisse, üppigere Speisen und in jedem Fall angenehmere Raumtemperaturen erwarteten. Und vielleicht sogar ein jüngerer Kastrat.

Resigniert, rötzelnd und schniefend machten sich Lazzarini, Anna Timm und die fünf Damen über den Zimtlikör her, während sachte der vergoldete Stuck von der durchweichten Decke rieselte.

„Sieht sch-hübsch ut", stellte Anna Timm angeschickert fest und schüttelte ihr Glas, sodass die güldenen Gipsbröckchen wie in einem Schneesturm umeinanderwirbelten.

Und so, meine lieben Leserinnen und Leser, kam der Goldflitter in den Original Güstrower Zimtlikör.

Im nächsten Frühjahr hatte Anna Timms Kreation bereits weit über die Landesgrenzen hinaus Furore gemacht, sodass Lazzarini, die fünf Damen und sie selbst in ein geräumiges Stadthaus mit eigener Destillerie umziehen konnten, während das Schloss mehr und mehr verfiel.

Emiliano Lazzarini überwachte – dann und wann zufrieden die Ballade von Stenka Rasin summend – die Blattgoldabfüllung, bis er – hundertjährig – im Kreise Anna Timms und seiner geliebten „Fünf Frostbeulchen" sein Sängerleben aushauchte.

Übrigens: Über dem vierten Tor des Güstrower Schlosses befindet sich das Konterfei eines moppeligen Kerlchens mit Segelohren: Das ist er! Lazzarini! Wie er leibte und lebte! Schauen Sie doch mal bei ihm vorbei!

Anmerkung der Autorin:

Genauso – oder zumindest so ähnlich – hat es sich damals zugetragen! Und wenn Sie mir nicht glauben – Wikipedia lügt nicht! Dort steht wortwörtlich: „1695 kam Güstrow an die in Schwerin residierende Linie, wurde deren Nebenresidenz und Wohnsitz der Kurtisanen des Hofes. Das Schloss wurde jedoch kaum noch genutzt und begann zu verfallen."

Der Tod der alten Dame

oder

Eine Frau sucht ihren Mörder

von Uschi Kurz

Wie jeden Morgen schlug Rosa Wärther auch an jenem denkwürdigen Montag zuerst den überregionalen Teil der Tageszeitung auf. Der Blick auf die Schlagzeilen elektrisierte sie:

„Badewannen-Mörder schlägt wieder zu"

und in der Unterzeile:

„SOKO tappt auch nach siebtem Mord im Dunkeln – Abstände werden kürzer"

Aufgeregt las sie den Bericht.

Die Ermordete Astrid L. war – wie die sechs Opfer zuvor – eine alleinstehende ältere Frau, bei der es außer ein wenig Schmuck nichts zu holen gab. Auch im Aussehen glich sie ihren Vorgängerinnen. Sie war klein, zierlich und hatte kurzes graues Haar. Der Täter hatte wie immer am Samstagabend

„zugeschlagen", als er sicher sein durfte, von niemandem gestört zu werden.

„Zugeschlagen" – kopfschüttelnd registrierte Rosa dieses Wort, das den Tatbestand nicht nur unzulänglich beschrieb, sondern schlicht irreführend war. Schließlich hatte er die Fünfundsiebzigjährige nicht erschlagen, sondern bis zur Bewusstlosigkeit gewürgt und dann in einer Badewanne ertränkt. Genau wie die Frauen zuvor lebte auch sein letztes Opfer sehr zurückgezogen. Bei der Formulierung „letztes Opfer" huschte unwillkürlich ein grimmiges Lächeln über Rosas Gesicht. Schließlich wusste sie – genauer noch als der Mörder selbst – dass die Fünfundsiebzigjährige nicht sein letztes Opfer bleiben würde.

Nun war der Frauenmörder also im Großraum Rostock aktiv geworden. Leider hatte er sich nicht an seinen Rhythmus gehalten. Zuvor hatte er alle vier Wochen gemordet, doch seit dem letzten Mord waren erst drei Wochen vergangen. Rosa würde sich beeilen müssen.

Der Wohnort von Astrid L., Weitendorf – eine Teilgemeinde von Laage – befand sich in der Nähe einer Anschlussstelle der A 19, ganz wie Rosa es vermutet hatte. Und von dort war es nur noch ein Katzensprung nach Güstrow. Freilich wäre es ein unglaublicher Zufall, wenn es den Unbekannten ausgerechnet in das verschlafene Nest Mühl Rosin verschlagen würde, wo Rosa am Dorfrand in einem winzigen Sträßchen namens Schabernack lebte. Aber Rosa würde nichts dem Zufall überlassen.

Es war ein schöner Spätsommertag und sie beschloss, noch einige Stunden ihren Garten zu genießen, bevor sie mit den Vorbereitungen begann. Sie setzte sich auf die Bank vor ihrem Haus und schaute versonnen den Hummeln zu, die um die verblühenden Malven brummten.

24

Seit fünfundzwanzig Jahren lebte sie nun schon am Rande des kleinen Dörfchens. Nach dem Tod ihres Mannes hatte sie sich standhaft geweigert, das einsame Häuschen zu verlassen.

Rosa hatte ein ruhiges, beschauliches Leben geführt. Viel zu ruhig und zu beschaulich, wie die Neunundsiebzigjährige selbst fand. Das hatte bereits mit der Berufswahl angefangen. Wie gerne hätte sie Jura studiert, doch ihre Eltern hatten es nicht erlaubt und so war sie Lehrerin geworden. Ihre Ehe mit Albert, einem gütigen, aber etwas langweiligen Mann, war kinderlos geblieben. Gerade mal neunundfünfzigjährig hatte Albert einen Hirnschlag erlitten, den er zwar überlebte, doch blieb er fortan auf den Rollstuhl angewiesen. Rosa gab ihren Beruf auf und pflegte ihn ohne zu klagen, acht lange Jahre, bis er starb.

Der einzige Lichtblick in dieser schweren Zeit war ihr Neffe Markus. Von dessen Geburt an hatte sie zu dem Sohn ihrer früh verstorbenen jüngeren Schwester ein inniges Verhältnis gehabt. Auch seine Entscheidung, zur Kriminalpolizei zu gehen, war ihrem Einfluss zu verdanken. Seit einigen Wochen war Markus bei der Hamburger Sonderkommission, die gegen den Frauenmörder ermittelte, und Rosa verfolgte seine Arbeit mit großem Interesse.

Nach dem Tod von Albert hatte Rosa einige Reisen unternommen. Doch dann setzte ein Herzinfarkt ihren Aktivitäten ein viel zu rasches Ende. Die Diagnose war niederschmetternd: eine schwere Herzerkrankung ließ weitere Infarkte wahrscheinlich werden. Sie sollte künftig jede Anstrengung und jegliche Aufregung vermeiden, musste starke Medikamente nehmen und eine strenge Diät halten. Ans Reisen war nicht mehr zu denken.

Markus kümmerte sich rührend um sie. Als sie aus der Klinik nach Hause kam und er sie genauso wenig wie die Ärzte überreden konnte, in die Stadt zu ziehen, überraschte er sie eines Tages mit einem Computer samt Internetanschluss. Ihr Neffe brachte ihr alles bei: vom oberflächlichen Surfen bis zum Recherchieren im Internet. Nie hätte Rosa geglaubt, dass die moderne Technik so viel Spaß machen könnte. Sie begann ihre Einkäufe online zu erledigen und trieb die Einzelhändler von Güstrow, die sich zu einem Internet-Verbund zusammengeschlossen hatten, mit ihren Bestellungen zum Wahnsinn.

Dank der E-Mails von Markus war Rosa immer auf dem neuesten Stand der Ermittlungen. Sie sammelte alle Berichte, und der „Badenwannen-Fall" wurde für sie zur fixen Idee. Der Mörder hielt die SOKO nun schon seit Monaten auf Trab. Markus war ständig unterwegs und so bekam er auch nicht mit, dass seine Tante fast an einer weiteren Herzattacke gestorben wäre. Rosa hatte versehentlich ein falsches Medikament genommen. Ohne Brille hatte sie ihre Herztropfen mit einem Medikament ihres verstorbenen Gatten verwechselt. Nur weil ihr Hausarzt rasch zur Stelle war und ein Gegenmittel spritzte, hatte sie überlebt. Ihr Arzt durchforstete daraufhin ihren Arzneischrank und warf den alten Krempel weg. Was er nicht wusste: Albert hatte auch im Schreibtisch ein Fläschchen aufbewahrt, und das hob Rosa ganz bewusst auf.

Nachdem sie sich von der Herzattacke erholt hatte, stürzte sie sich mit noch mehr Eifer in ihre Nachforschungen. Als die SOKO einen Profiler hinzuzog, erfuhr sie, dass der Täter höchstwahrscheinlich Anfang bis Mitte dreißig, alleinstehend und dunkelhaarig war. An einem Tatort hatte man ein Haar gefunden, das zur DNA-Analyse herangezogen werden konnte. Die Ähnlichkeit der Opfer ließ vermuten, dass der Mann immer wieder stellvertretend eine ihm nahestehende Person hinrichtete, mit der ihn womöglich traumatische Erinnerungen verbanden. Dabei spielten Wasser oder Reinigungsrituale offenbar eine große Rolle. Ein sexuelles Motiv schien es nicht zu geben.

Seit Wochen dachten die Ermittler über die Route des Mörders nach. Man nahm an, dass die Spur des Todes, die er hinterließ, mit seinem Beruf zusammenhing. Vom Handelsvertreter bis zum Zirkusmitarbeiter reichten die Vermutungen. Und dann sah Rosa zufällig im Fernsehen eine Reportage über die Baufirma *Merkur*, die an den Autobahnen die Markierungen erneuerte. Es war ein großes, in Norddeutschland ansässiges Unternehmen, das für diese Arbeiten quasi das Monopol besaß. Von Flensburg aus schickte die Firma ihre Kolonnen durch die ganze Republik. Die Trupps arbeiteten sich an den Autobahnen entlang in eine Richtung vor und auf der Gegenfahrbahn wieder zurück. Die Arbeitszeiten waren unkonventionell: An den Wochenenden wurde nachts gearbeitet, tagsüber hatten die Bauarbeiter frei. In dem Bericht waren auch die Einsatzpläne gezeigt worden. Dabei waren Rosa die Streckenbewegungen von einem der Arbeitstrupps seltsam bekannt vorgekommen. Sie schaute in ihren Aufzeichnungen nach: Die Spur des Mörders deckte sich exakt mit dem Arbeitsverlauf der Truppe, die während der Dreharbeiten entlang der A 24 gearbeitet hatten. Vor drei Wochen war dann ein Mord in der Nähe von Rostock an der A 19 passiert, wo die Kolonne eingesetzt wurde.

Statt ihrem Neffen von der aufregenden Entdeckung zu berichten, stellte Rosa selbst Nachforschungen an. Sie rief in der Zentrale der Firma in Flensburg an und erkundigte sich nach den Kolonnen, die in Norddeutschland aktiv waren. Rosa tischte der Sekretärin eine rührselige Geschichte auf, von einem hilfsbereiten jungen Mann, der ihr auf der A 19 bei einer Panne behilflich gewesen sei und dem sie nun unbedingt danken wolle. Leider hätte sie in der Aufregung vergessen, nach seinem Namen zu fragen. Allerdings habe der junge Mann ihr erzählt, wo er arbeitete. Die Sekretärin gab bereitwillig Auskunft. Von den zwölf Arbeitern, die an der A 19 im Einsatz waren, kamen nach Rosas Beschreibung nur zwei in Frage. Der eine war ein dreiunddreißigjähriger türkischer Familienvater, den Rosa sofort ausschloss, da sie fest davon überzeugt war, dass der Täter alleinstehend war. Der andere war ein einunddreißigjähriger Deutscher: Heinz Ahlerz. Rosa ließ sich die Anschrift geben, unter der die Kolonne erreichbar war.

Dass der Täter jetzt in Laage „zugeschlagen" hatte, nur wenige Kilometer vom Lager der Bautruppe entfernt, hatte Rosas Theorie schneller bestätigt als erwartet. Sie war sich inzwischen sicher, dass sie sogar den Namen des Mörders kannte. Und den Namen seines nächsten und hoffentlich letzten Opfers kannte sie auch.

Den Rest des Tages verbrachte sie vor dem Computer und am Telefon. Als Erstes rief sie noch einmal die Website der Firma Merkur auf. Auf der Homepage fanden sich umfangreiche Informationen über Struktur und Arbeitsweise des Unternehmens. Derjenige, der die Website eingerichtet hatte, hatte wenig Wert auf den Datenschutz gelegt, man konnte sogar Fotos der Beschäftigten anklicken. Ahlerz war schon seit zehn Jahren bei Merkur beschäftigt und in Itzehoe, einer Kreisstadt in der Nähe von Hamburg, geboren.

Rosa betrachtete lange das Foto des mutmaßlichen Serienmörders, der leicht verschüchtert, aber nicht unsympathisch in die Kamera blickte. Dann telefonierte sie mit der Gemeindeverwaltung seines Heimatortes. Sie gab sich als entfernte Verwandte von Ahlerz aus, die nach Jahren im Ausland Kontakt zu ihren in Deutschland lebenden Familienangehörigen suchte. Die Verwaltungsangestellte verwies sie an eine ehrenamtliche Mitarbeiterin der Nachbarschaftshilfe, die früher im Rathaus tätig gewesen war. Die alte Dame erinnerte sich tatsächlich gut an den jungen Ahlerz, der nach dem Unfalltod beider Eltern mehrere Jahre in einem Kinderheim verbracht hatte, bis ihn die alleinstehende Schwester seiner verstorbenen Großmutter zu sich nahm. Das Leben sei nicht einfach gewesen für den Buben. Marianne Pettersohn, damals bereits weit über siebzig, sei ungewöhnlich streng und von der Erziehung offensichtlich überfordert gewesen. Im Dorf habe das Gerücht von drakonischen Strafen die Runde gemacht. Der Junge, so hieß es, habe nach den kleinsten Vergehen stundenlang im kalten Badewasser ausharren müssen. Als seine Pflegemutter überraschend verstarb und Heinz ins Heim zurückmusste, sei er regelrecht erleichtert gewesen. Nach seinem achtzehnten Geburtstag sei der junge Mann nach Flensburg gezogen. Seither habe sie nie wieder etwas von ihm gehört.

Am Dienstag verließ Rosa nach einem Frühstück mit starkem Bohnenkaffee und dick Butter auf dem Brötchen – statt der sonst üblichen Diät-Margarine – schon früh das Haus. Sie fuhr mit ihrem klapprigen VW Käfer Richtung Autobahn. Da sie nicht wusste, wie weit die Kolonne mit ihren Markierungsarbeiten war, fuhr sie bei Laage auf die Autobahn und wandte sich zunächst gen Süden. Schon nach wenigen Kilometern stieß sie auf den Bautrupp, der gerade die Markierung auf dem Seitenstreifen erneuerte. Sie fuhr langsam an der Baustelle vorbei, die sich vor der Einmündung zu einem kleinen Parkplatz befand und hielt Ausschau nach Ahlerz.

Rosa sah fünf Männer, die alle entweder zu jung oder zu alt waren. Zwei weitere, die hinter einem Fahrzeug arbeiteten, konnte sie nicht genau erkennen. Sie verließ die Autobahn bei der nächsten Ausfahrt und fuhr zurück. Beim dritten Anlauf entdeckte sie den Gesuchten auf einem Baustellenfahrzeug. Rosas schwaches Herz reagierte mit einem Rumpler und sie hatte Mühe, sich zu beruhigen.

Sie fuhr auf den Parkplatz und setzte sich an einen Tisch, von dem aus die Baustelle gut zu überschauen war. Sie nahm ein Buch aus der Tasche und begann zu lesen. Kurz vor halb eins – die Truppe war mit der Straßenmarkierung bis nahe an den Parkplatz herangekommen – stellten die Bauarbeiter ihre Maschinen ab. Die ganze Gruppe lief zum Rastplatz, wo sie sich an einem langen Holztisch unweit von Rosa niederließ. Lärmend packten die Männer ihre Stullenpakete aus und begannen zu essen.

Und dann kam Rosa der Zufall zur Hilfe. Ahlerz stand auf, zündete sich eine Zigarette an und begann sich die Beine zu vertreten. Rosa beobachtete ihn aufmerksam, sodass es ihr nicht entging, wie er das Streichholzbriefchen in den Mülleimer warf. Einmal fing sie seinen Blick auf, doch Ahlerz zeigte kein Interesse an ihr. Kein Wunder, sie war ja auch nicht sein Typ.

Als Ahlerz fertig geraucht hatte, ließ er die Kippe achtlos fallen. Rosa fixierte die Stelle genau und wartete ungeduldig auf das Ende der Pause. Als die Arbeiter endlich weg waren, zog sie eine Plastiktüte aus der Tasche und lief los. Unauffällig bückte sie sich und nahm den Zigarettenstummel vorsichtig mit der Tüte auf, um keine Spuren zu verwischen. Dann schlenderte sie zu dem Mülleimer, auf dem ganz oben ein Streichholzbriefchen mit dem Emblem der Firma Merkur lag. Auch dieses landete in der Plastiktüte.

Die nächsten Tage verbrachte sie damit, ihr Ableben zu ordnen. Am Mittwoch unternahm sie noch einmal einen Spaziergang durch den benachbarten Wildpark, wo sie lange am

Wolfsgehege verweilte. Wölfe hatten sie schon immer fasziniert. Dann besuchte ihre beste Freundin, schrieb Briefe und machte ihr Testament.

Am Donnerstag ging sie zum Frisör und ließ sich die langen Haare abschneiden. Danach sah sie nicht nur jünger aus, sie glich auch auf unheimliche Weise den Opfern des Serienkillers. Vom Frisör aus lief sie direkt auf den Friedhof, wo sie Albert ihr Kommen ankündigte.

Beschwingt durch ihre neue Frisur, beschloss Rosa an diesem Abend noch einmal richtig auszugehen. Sie fuhr nach Güstrow, aß im *Restaurant Wallenstein* ein sündhaft teures Menü und genehmigte sich ein üppiges Dessert und einen Likör zum Nachtisch.

Den ganzen Freitag verbrachte sie in freudiger Erwartung. Sie blieb zu Hause, las ein wenig in ihren Lieblingsbüchern, blätterte Fotoalben durch, berührte Pflanzen und Nippes und zog sich leise aus dem Dasein zurück. Am Nachmittag stand ihr das Schwerste bevor. Sie rief Markus im Büro an und lud ihn zum Kaffee am Sonntag ein. Zuerst wollte er nicht recht und sprach von der vielen Arbeit, doch als sie ihn mit einem frischen Apfelkuchen köderte und nebenbei bemerkte, es gehe ihr gerade nicht allzu gut, versprach er zu kommen. Rosa verabschiedete sich rasch, bevor sie in Tränen ausbrach. In dieser Nacht lag sie vor Aufregung lange wach. Erst gegen Morgen fiel sie in einen unruhigen Schlaf.

Das Sonnenlicht schien in ihr Schlafzimmer. Es war fast Mittag und Rosa, ansonsten eine Frühaufsteherin, war froh darüber. Sie frühstückte ein wenig, dann begann sie mit ihren Backvorbereitungen. Als endlich der verlockende Duft des Apfelkuchens durchs Haus zog, konnte sie nicht widerstehen. Sie brühte sich einen starken Kaffee, schlug Sahne und schnitt den Kuchen an.

Nachdem sie ihre Henkersmahlzeit beendet hatte, war es fast sechzehn Uhr. Sie ging ins Haus und ließ heißes Wasser in die Wanne laufen, wohl wissend, dass sie damit von der Regieanweisung abwich. Die Vorstellung, vollständig bekleidet in die Wanne zu steigen, war ihr schon unangenehm genug, da sollte das Wasser wenigstens schön warm sein. Und dass der Gerichtsmediziner daraufhin mit dem Todeszeitpunkt falsch liegen könnte, war letztlich ohne Bedeutung.

Nun hatte Rosa es plötzlich eilig. Sie holte die Tüte mit den Beweisen und ging vors Haus. Sie wusste, dass Markus das Gelände sorgfältig absuchen lassen würde. Den Zigarettenstummel platzierte sie außerhalb ihres Gartens seitlich vom Tor, so dass es aussah, als habe ihn jemand achtlos weggeworfen. Das Streichholz-Briefchen mit der Aufschrift der Baufirma nahm sie mit ins Badezimmer, wo sie es unter den Waschtisch schob.

Dann ging sie in die Küche und holte den Eiswürfel aus dem Gefrierfach. Vor Tagen schon hatte sie Alberts Medikament eingefroren und das Arzneifläschchen weggeworfen. Sie löste den Eiswürfel aus dem Plastikbehälter, den sie anschließend sorgfältig ausspülte und zum Abtropfen auf die Spüle legte. Jetzt steckte sie den Würfel in den Mund und ging ins Badezimmer. Unterwegs streifte sie die Schuhe ab, und als sie in die Wanne stieg, ließ sie das Wasser absichtlich kräftig überschwappen.

Angewidert registrierte sie, wie die nassen Kleider sich um ihren Körper schmiegten. Gleichzeitig lutschte sie heftig an dem Eiswürfel, der einen ekelhaft bitteren Geschmack freigab. Schon kurze Zeit später setzte die Wirkung ein. Rosa spürte einen dumpfen Schmerz hinter dem Brustbein. Dann wurde ihr schwarz vor den Augen.

Badewannen-Mörder tötet sein achtes Opfer

HAMBURG/GÜSTROW (PD). Der Badewannen-Mörder hat schon wieder eine alte Dame ermordet. Wie gestern Abend von der Polizeidirektion in Hamburg zu erfahren war, hat der berüchtigte Serienmörder nur eine Woche nach seinem letzten Mord erneut zugeschlagen. Das achte Opfer, Rosa W., die einsam außerhalb von Güstrow lebte, muss ihrem Mörder am Samstagnachmittag arglos die Tür geöffnet haben. Wie schon die sieben Frauen vor ihr, wurde auch sie vollständig bekleidet in ihrer Badewanne gefunden. Allerdings ist Rosa W. nicht ertränkt worden. Die schwerkranke Neunundsiebzigjährige hat offensichtlich infolge des Überfalls einen Herzinfarkt erlitten, an dessen Folgen sie starb. Im Aussehen ähnelte Rosa W. den anderen Opfern. Besonders tragisch ist der Umstand, dass die Tote von ihrem Neffen gefunden wurde, einem Kommissar, der in der SOKO gegen den Badewannen-Mörder ermittelt. Anders als in den Fällen zuvor, scheint der Mörder diesmal Spuren hinterlassen zu haben. Aus ermittlungstechnischen Gründen gab die Kriminalpolizei aber keine Einzelheiten bekannt.

Badewannen-Mörder gefasst

HAMBURG (PD). Nur wenige Tage nach dem Mord an der neunundsiebzigjährigen Rosa W. hat die Polizei den mutmaßlichen Mörder gefasst. Ausgerechnet den achten und letzten Mord, der zu seiner Ergreifung führte, will der einunddreißigjährige Heinz A. nicht begangen haben. Die Staatsanwaltschaft ist sich jedoch aufgrund der vorliegenden Indizien sicher, dass nur er der Täter sein kann.

Lebenslänglich für Badewannen-Mörder

HAMBURG (uk). Am Landgericht Hamburg ging gestern der spektakuläre Prozess gegen den sogenannten „Badewannen-Mörder" zu Ende. Der einunddreißigjährige Heinz A. wurde des vorsätzlichen Mordes in acht Fällen für schuldig befunden. Der Bauarbeiter hatte im vergangenen Jahr acht ältere Frauen ermordet, die ihn in fataler Weise an seine Pflegemutter erinnert hatten, von der er in seiner Jugend grausam gequält worden war (wir berichteten mehrfach). Der Einunddreißigjährige wurde als voll schuldfähig begutachtet und zu einer lebenslangen Haftstrafe verurteilt.

A. hatte gleich nach seiner Verhaftung ein Teilgeständnis abgelegt. Den achten Mord leugnete er auch vor Gericht. A. will die neunundsiebzigjährige Rosa W. nicht einmal gekannt haben (ausführlicher Bericht folgt).

Fünfzehn Jahre später erhielt Hauptkommissar Markus Heller einen seltsamen Brief. Absender war die Anwaltskanzlei, die die Erbschaft seiner Tante verwaltet hatte. In dem Brief war ein zweiter, kleinerer Umschlag, auf dem Markus sofort die Schrift seiner verstorbenen Tante erkannte. Aus dem Schreiben der Kanzlei ging lediglich hervor, dass Rosa Wärther verfügt hatte, dass dieser Brief fünfzehn Jahre nach ihrem Tod zugestellt werden sollte. Mit zitternden Händen riss Markus den Umschlag auf.

Mein lieber Junge,

darf ich Dich überhaupt noch „mein Junge" nennen, jetzt wo du Mitte vierzig bist und vielleicht schon die ersten grauen Haare hast? Aber für mich wirst Du immer „mein Junge" bleiben. Fünfzehn Jahre sind nun schon nach meinem zugegebenermaßen etwas dramatischen Ableben vergangen, aber ich

34

wollte nicht ganz so leise verschwinden, wie ich gelebt hatte, und die Gelegenheit, dabei auch noch einen Bösewicht zu erledigen, war einfach zu verlockend. Dass ich Dir dabei etwas ins Handwerk pfuschen musste, tut mir leid, noch mehr, dass ich Dir Kummer bereitet habe, aber der wäre wenig später ja ohnehin entstanden: Meine Uhr war, wie man so schön sagt, fast abgelaufen.

Ich bin überzeugt davon, dass „mein Mörder" mit Deiner tatkräftigen Hilfe schon bald gefasst wurde, und ich hoffe, der Fahndungserfolg hat Dir bei Deiner beruflichen Laufbahn etwas genutzt. Vielleicht hat es Dich ein wenig gewundert, dass Ahlerz diesen letzten Mord nie gestanden hat, und vielleicht hast Du sogar geahnt, dass ich meine Finger im Spiel hatte.

(An dieser Stelle folgte eine detaillierte Schilderung von Rosas kleiner Inszenierung)

Ich glaube zwar nicht, dass es am Strafmaß etwas ändert, schrieb Rosa zum Schluss, aber natürlich möchte ich nicht, dass der Mörder wegen einer Tat, die er nicht begangen hat, schlimmer bestraft wird oder – weil er als unglaubwürdig gilt – womöglich nicht in den Genuss der Haftüberprüfung im Hinblick auf eine vorzeitige Entlassung kommt. Die ist ja, wenn ich recht informiert bin, bei lebenslänglich Verurteilten frühestens nach fünfzehn Jahren möglich. Und das wäre jetzt der Fall.

So, mein Junge, jetzt weißt Du alles und kannst das Nötige in die Wege leiten. Ich überlasse Dich nun wieder Deiner Verbrecherjagd, und glaube mir, ich hätte Dir gerne dabei noch bisweilen auf die Finger geschaut … Aber wer weiß, vielleicht tue ich das ja.

In Liebe Rosa

PS.: Eines hätte mich doch noch sehr interessiert: Ob Ahlerz damals wohl auch den Tod seiner bösen Pflegemutter verschuldet hat?

Das hätten wir auch gerne gewusst, dachte Markus, als er den Brief sinken ließ.

Komm mit nach Güstrow!

von Astrid Ann Jabusch

Birgit sitzt im renommiertesten Caféhaus unter dem gelben Sonnenschirm und futtert schon das dritte Stück Stachelbeertorte. Sie ist sauer, richtig sauer. Seit vier Uhr wartet sie auf Uwe. Wenn er nicht bald kommt, schafft sie noch den örtlichen Rekord von fünf Stück Torte. Aber den kennt sie noch nicht. Und sie will auch nicht noch mal Stachelbeere, obwohl die sehr gut ist. Die Erdbeertorte soll aber auch hervorragend sein, hat sie am Nachbartisch gehört.

„Komm doch einfach mit nach Güstrow", hat Uwe gesagt. „Ich hab tagsüber zu tun in der Zuckerfabrik. Keine Ahnung, wie lange das dauert. Aber du kannst dir ja das Städtchen ansehen. Das Schloss, die Altstadt und so weiter. Und nachmittags treffen wir uns im leckersten Café der Stadt."

Die Bemerkung, dass Cafés nicht lecker sein können, hat sie sich verkniffen. Aber dass der Kuchen dort vorzüglich ist, trifft fraglos zu. Hier also sitzt sie nun und wartet. Hat schon Blasen an den Füßen, denn Laufen ist eigentlich so gar nicht ihr Ding.

Vor ein paar Tagen noch hätte sie nicht im Traum daran gedacht, dass sie nochmal mit Uwe wo hinfährt. Und schon gar nicht nach Güstrow. Da wusste sie noch nicht mal, wo das liegt.

„Ganz berühmt!", hat Uwe gesagt. „Wallenstein war sogar da. Und später Ernst Barlach, ein großer Bildhauer und Schriftsteller."

Birgit hat ihren Mann fassungslos angestarrt. Was war mit ihm los? Eben war doch noch Krach gewesen, so richtig Krach mit Uwe.

Von Barlach hatte sie schon mal gehört.

„Und wer bitte soll dieser Wallenstein sein?", hat sie spitz gefragt. „Einer von deinen Kumpeln?" So leicht war sie ja nun auch wieder nicht zu befrieden.

Erstaunlich nachsichtig erklärte Uwe, wer Wallenstein war und warum er in Schloss Güstrow residierte und nicht in Schwerin. Der Name „Petermännchen" fiel.

„Klingt ja niedlich", brummte sie. Sollte der Kriegszustand etwa plötzlich aufgehoben sein? Einseitig von ihm? Müsste sie nicht auch gefragt werden? Letzte Woche hatte er noch getobt und geschrien. Scheiden lassen wollte er sich und das am liebsten sofort!

Und das alles nur wegen seiner dummen Echsen! Was für ein Gewese deswegen! Aber seit der Hund und die Katze tot waren, war das Terrarium sein Ein und Alles!

Er hatte diese grässlichen Geschöpfe gehegt und gepflegt. Viel Zeit hatte er darauf verwendet. Zeit, in der er sich nicht um sie gekümmert hatte. Fett und grinsend hockten die Tiere in ihrer kleinen Welt, deren Gott er war.

Aber war sie als seine Frau dann nicht eine Göttin? Die Echsen meinten, nein und grinsten weiter. Sie schienen von Birgits Göttlichkeit nichts zu wissen. Uwe gegenüber taten sie ehrerbietig. Aber sie glotzten sie nur an mit ihren runden, verhornten Augen, die das Chamäleon sogar in alle Richtungen drehen konnte. Ihre Annäherungsversuche quittierten diese warzigen Wesen mit einem Gehabe, als wären sie riesige feuerspeiende Drachen. Bestenfalls ließ eines der Tiere wie unendlich gelangweilt die Zunge aus dem Maul hängen und gaffte sie blöd an.

Birgit fühlte sich gründlich missachtet. Das war sie nicht gewöhnt. Die Stauden und Sträucher im Garten dankten ihre Bemühungen stets mit reicher Blüte. So sollte es sein. Aber zurück zu den Echsen.

„Miez, miez, miez", hatte Birgit gemacht und an die Scheibe des Terrariums geklopft.

„Das sind doch keine Katzen!", hatte Uwe sie gerügt.

„Ja, wie soll ich die dummen Viecher denn sonst ansprechen? Die verstehen mich doch sowieso nicht!"

„Diese dummen Viecher, wie du sie nennst, sind mit Sicherheit nicht dümmer als du!", hatte Uwe sehr leise und sehr gemein geantwortet und sie einfach stehen gelassen.

Birgit hatte geschäumt vor Wut.

Erst ein paar Tage später, als er die Echsen im Garten begrub, sprach er wieder mit ihr.

„Na, bist du jetzt zufrieden?"

„Pah", machte Birgit. „Was kann ich dafür, wenn deine blöden Tiere alle eingehen?"

Uwe grunzte und schaute sie an wie ein wütender Stier.

„Du wirst zu meinem Garten noch ein Stück dazu pachten müssen, wenn es so weitergeht", fügte sie hinzu und zeigte auf die Reihe der kleinen Gräber: Hamster, Katze, Wellensittich,

Hund, ein Massengrab für die Fische und jetzt das Familiengrab für die Echsen.

Uwe sah aus, als wolle er seiner Frau den Spaten überziehen. Vor mühsamer Beherrschung zitternd stieß er ihn in den Boden neben dem Echsengrab und fällte dabei fast noch den Hibiskus. Birgit zuckte vor Schmerz zusammen, als die scharfe Klinge um Haaresbreite an dessen Stamm vorbeizischte.

Von nun an herrschte eisiges Schweigen zwischen den Eheleuten. Das Paar ging sich aus dem Weg, wo es nur konnte, und wenn sie sich im Laufe des Tages doch einmal begegneten, taten die beiden so, als wäre der andere Luft. Nicht ohne sich genauestens zu belauern natürlich. Rechneten doch beide jeden Augenblick mit einem heimtückischen Angriff ihres Gegners. Vorsichtshalber hatte Birgit ihr Fläschchen E605 in hohem Bogen in die Spree geworfen. Sicher war sicher!

Birgit rechnete mit allem – nur nicht mit einer Versöhnung!

Umso überraschter war sie, als Uwe mit dem Vorschlag daherkam, ihn nach Güstrow zu begleiten. Dann hatte also die neugierige Selbach von nebenan doch nicht recht gehabt, von wegen: Sie hätte ihn mit einer anderen gesehen. Groß wär sie gewesen, nicht so ein Erdnuckel wie Birgit. Und schick und schlank und blond, ein Superweib also. Aber die olle Selbach redete viel, wenn der Tag lang ist. Und außerdem war sie fast blind. Musste man also nicht ernst nehmen. Schlank und blond, pah! Was die wohl gesehen hatte. Na, auf jeden Fall wollte Uwe sich wohl wieder vertragen und jetzt mit Birgit nach Güstrow. Sie war neugierig, was es mit Uwes Einladung auf sich hatte. Führte er was im Schilde? Wenn ja, sollte sie es unbedingt frühzeitig erkennen, um angemessen darauf reagieren zu können.

Die Sache sah für Birgit so aus: Erstens war sie noch gar nicht bereit für Friedensverhandlungen. Sie hatte doch nicht monatelang ein Tier nach dem anderen beseitigt, um dann beim ersten lauen Windzug umzufallen! Sie wollte schon gern etwas mehr gebeten werden.

Und zweitens hatte sie sich schon fast mit dem Gedanken an eine Scheidung angefreundet. Im Ernst, was könnte ihr passieren? Ihr stand schließlich die Hälfte vom Haus und allem anderen Kram zu. Und Sie würde bestimmt nicht ausziehen, nein!

Und hatten andere Mütter nicht auch schöne Söhne? Sie brauchte da gar nicht lange nachzudenken. Schließlich gab es da noch einige Männer in ihrer Kragenweite, die sie sich mal näher ansehen sollte. Und es war ja nun nicht so, dass sie sich nicht mehr sehen lassen könnte. Hässlich war sie nicht gerade, vielleicht etwas mollig, oder sagen wir: etwas zu klein für ihr Gewicht. Aber das mögen manche Männer ja durchaus. In der letzten Zeit hatte sie zwar noch etwas mehr zugelegt – sie isst eben gern Süßes! Aber da waren schon Einige, die sich für sie interessieren. Neulich hätte sie ihrer Freundin Susi fast den Freund ausgespannt. Wenn sie nur gewollt hätte! Aber sie hatte Frank gesagt, ein bisschen Knutschen wäre ja okay, aber das hieße noch lange nicht, dass er sie gleich ins Gebüsch ziehen darf. Susi war trotzdem sauer auf sie gewesen und hatte fiese Sachen über sie rumerzählt. So fiese Sachen, dass Birgit ernsthaft überlegte, ob sie mit dem Frank nicht *doch* ernst machen sollte. Und wenn auch nur, um Susi eins auszuwischen.

Ja, all diese Gedanken gehen Birgit durch den Kopf, während sie im „leckersten Café der Stadt" sitzt und ihr drittes Stück Stachelbeertorte verdrückt. Die ist auch wirklich traumhaft! Am Tisch neben der Tür sitzt eine große, schlanke Blonde, die ist ihr schon vorhin am kaputten Borwinbrunnen aufgefallen. Jetzt lächelt sie ihr zu und hebt ihre Kaffeetasse, als wolle sie ihr damit zuprosten. Birgit lächelt zurück, denn sie sieht, dass die Blonde unter dem Tisch einen Schuh ausgezogen hat. Ihren rechten Fuß ziert eine leuchtend rote Stelle, die sich in Kürze zu einer schmerzhaften Blase entwickeln wird.

Ha! Die hat man wohl auch zum Sightseeing geschickt, denkt Birgit und überlegt schon, ob sie sich nicht zu ihr setzen soll zwecks Erfahrungsaustausch. Aber sie entscheidet sich dagegen. Schließlich muss Uwe jeden Augenblick kommen.

Aber ein Stück Torte könnte sie vielleicht doch noch …? Wenigstens ein kleines?

Birgit muss nicht lange mit sich ringen. Sie bestellt ein Stück Erdbeertorte.

Ach nee! Jetzt bestellt sich die Blonde auch eins, und schon einen Augenblick später bringt's ihr die Kellnerin! Warum macht sie das? Warum bedient sie nicht zuerst Birgit?

Dann hört man ein Scheppern und Klirren, ein Kind schreit wie am Spieß.

Was hat das Gör? Ist es in das Kuchenbüffet gefallen? Können die Eltern nicht besser auf ihren Balg aufpassen? Jedenfalls stellt die Bedienung das Tablett mit Birgits Torte einfach auf einem der Tische ab und stürzt nach hinten zu dem plärrenden Kind. Birgit kann nicht genau sehen, was da passiert ist, weil ihr eine riesige Kübelpflanze die Sicht versperrt. Es interessiert sie auch nicht besonders. Aber ihr Stück Erdbeertorte hat sie auch aus den Augen verloren! Sie will schon protestieren, da kommt die Kellnerin zurückgerannt, als würde sie ahnen, dass Birgit sonst Ärger macht. Mit schnellem Griff schnappt sie sich das abgestellte Tablett und ist sofort bei Birgit. Kaum hat sie den Teller mit der ersehnten Torte abgesetzt, saust sie schon wieder nach hinten, wo jetzt richtig Tumult herrscht.

Birgit ist das egal. Sie hat ihre Torte und die sieht perfekt aus! Mit einem schnellen Blick aus dem Augenwinkel vergleicht Birgit ihr Stück mit dem der Blonden, die inzwischen auch nach hinten gelaufen ist. Neugieriges Weib! Birgit grinst zufrieden. Ihres ist größer! Und es ist auch hübscher dekoriert! Auf einem Sahnehäubchen thronen verführerisch schöne blaue Blüten. Die hat die Blonde nicht! Birgit grunzt vor Zufriedenheit und wirft einen triumphierenden Blick nach hinten, wo inzwischen fast das ganze Lokal versammelt ist. Wenigstens scheint sich die Lage dort normalisiert zu haben. Die Blonde ist an ihren Platz zurückgekehrt, und nur noch leiser werdende Kindergeheul ist zu hören und eine Frauenstimme, die *Heile, heile Gänschen* singt.

Na bitte, geht doch, denkt Birgit, stößt ihre Gabel in den Kuchen und führt sie dann genüsslich zum Munde.

Manchmal tut man etwas und weiß bereits im selben Augenblick, dass es falsch ist, nicht wieder gutzumachen falsch. Dies Gefühl überkommt Birgit urplötzlich und schießt wie eine tausend Grad heiße Flamme durch ihren Körper. Bilder schieben sich übereinander. Kalter Schweiß bricht ihr aus. Sie sieht Uwe, der in Zeitlupe auf sie zugestürmt kommt. Wo kommt der auf einmal her? Auch die Blonde ist lähmend langsam aufgesprungen. Birgit beobachtet verwundert, wie die Kellnerin ein Tablett zu Boden segeln lässt, wo das Geschirr Stunden später aufschlägt und gemächlich zerspringt. Stimmen mischen sich und klingen wie die zu langsam abgespielten Schallplatten – damals, auf ihrem kaputten Plattenspieler. Dann geht das Licht aus, und Birgit gleitet lautlos von ihrem Stuhl.

Polizeibericht

Der Einsatz wurde durch die Zentrale in Güstrow um 17:34 Uhr angewiesen. Beim Eintreffen der Einsatzbesatzung in einem scherzhaft „Scheidungscafé" genannten Café in Güstrow wurde eine leblose weibliche Person vorgefunden (keine feststellbare Atmung, kein feststellbarer Puls). Es wurden umgehend Reanimationsmaßnahmen eingeleitet und der Notarzt alarmiert (Zeit: 17:46 Uhr). Die Feststellung des Todes erfolgte um 18:33 Uhr. Die Ursache für die plötzlich eingetretene Bewusstlosigkeit und den folgenden Exitus sind unklar, Fremdverschulden kann nicht ausgeschlossen werden. Im Mundwinkel der leblosen Person befindliche blaue Pflanzenbestandteile unbekannter Herkunft wurden zuvor gesichert und der KTU übergeben. Der unter Schock stehende Ehemann der Verstorbenen konnte noch nicht vernommen werden. Bericht der Rechtsmedizin folgt. Eine weitere zur Tatzeit anwesende Zeugin, die als groß und blond beschrieben wird, wird gebeten, sich bei der nächsten Polizeidienststelle zu melden. Die Kriminalpolizei wurde benachrichtigt.

Die *Hüpfende Alte*

von Anja Feldhorst

Ich stehe neben Tante Hiltrud im Atelierhaus am Heidberg und schiele ein bisschen neidisch auf die fantastischen Lichtverhältnisse in Barlachs Atelier, das nicht mehr seins ist, aber jede Menge seiner Werke beherbergt. So ein Atelier hatte ich mir immer gewünscht, als ich noch Kunststudentin und später Restauratorin und Bildhauerin war. Bloß hatte das Geld dafür nie gereicht. Und als ich genug Geld gehabt hätte, hatte ich drei Kinder und Heiner, der für so etwas Absurdes ohnehin keine Kröten locker gemacht hätte. Die Bildhauerei hatte ich da auch schon längst aufgegeben. Ich schrieb stattdessen Liebesromane, die brachten Geld und ich hatte nebenbei Zeit, mich um die Kinder zu kümmern – ich arbeitete schließlich zu Hause. Heiner fand das zwar überflüssig, schließlich verdiente er als Bestseller-Autor mit seinen „raffinierten und genialen" – seine Worte! – Thrillern genug. Aber ohne eigenes Geld? Ist für mich undenkbar, ob nun mit oder ohne Heiner.

Während die Kuratorin der Ernst-Barlach-Stiftung den Platz am Rednerpult räumt und an die Urenkelin Barlachs übergibt, die eigens zu diesem denkwürdigen Ereignis angereist ist, hibbelt Tante Hiltrud neben mir herum wie eine Debütantin beim Opernball. Zum Glück kann ich auf ihre gute Kinderstube vertrauen, sonst müsste ich befürchten, dass sie nach vorne stürmt und das Tuch von der Skulptur reißt, die heute der Öffentlichkeit vorgestellt wird. Noch kennt niemand die Neuerwerbung. Nur so viel wissen die geladenen Gäste und die kunstinteressierte Presse: die Skulptur galt als verschollen. Sie war von Bernhard A. Böhmer, Barlachs Vertrautem und dem bedeutendsten Kunsthändler Hitlers, vor dem Zugriff der Nazis gerettet worden, um 1945 von den sowjetischen Soldaten im Hof des Atelierhauses „entsorgt" zu werden. Danach verliert sich die Spur. Lange war vermutet worden, dass die Soldaten einen Teil der Barlachskulpturen im berühmt-berüchtigten Hungerwinter 1946/47 verheizt hätten. Aber offenbar nicht alle. Welches der verschollenen Stücke wieder aufgefunden worden ist, sollen wir heute erfahren. Warum Tante Hiltrud so nervös ist, verstehe ich allerdings nicht. Sie gehört als Kunsthistorikerin und Barlachexpertin zum Kuratorium der Güstrower Barlach-Stiftung und hat den Kauf maßgeblich mit eingefädelt, wie sie nicht müde wird zu erzählen, seit ich vor drei Tagen in Güstrow angekommen bin. Sie weiß also längst, was uns erwartet.

Eigentlich hat mich nicht Ernst Barlach, sondern Marga Böhmer hierhergezogen. Die hingebungsvolle Liebe, mit der Marga zuerst ihren Ernst und dann seinen Nachlass umsorgt und gehegt hat, beeindruckt mich. Das ist genau der Stoff, aus dem meine Romane sind – auch wenn es heutzutage mehr um Sex und weniger um Kunst geht. Aber das sind Kleinigkeiten. Mir selbst ist leider die Liebe abhandengekommen, seit Heiner und ich uns getrennt haben. Mit der Trennung habe ich mir nicht nur jede Menge Rechtsanwaltstermine und böse Worte meiner Ex-Schwiegermutter eingehandelt, sondern auch noch eine ausgewachsene Schreibblockade, die ich mit Barlachs und Marga Böhmers Hilfe loswerden möchte.

Aber erst einmal stehe ich mir im Barlach'schen Atelier die Beine in den Bauch, überlege, was ich mache, wenn Tante Hiltrud mit ihren dreiundsiebzig Jahren vor Aufregung einen Herzkasper bekommt, und warte auf den entscheidenden Moment, wenn die Barlach-Urenkelin das Werk enthüllt.

Die Presse hat sich in Position gebracht. Die Handys und Digitalkameras sind gezückt, die Urenkelin schreitet auf den weißen Sockel zu, greift nach dem schwarzen Tuch, das die Figur bedeckt, und zupft. Der Stoff gleitet zu Boden und gibt den Blick frei auf eine dicke alte Frau, den Kopf zur Seite gewandt, den Umhang mit der Hand schwungvoll vor dem Körper geschlossen, den rechten Fuß leicht erhoben wie zum Tanz. Tante Hiltrud quiekt verzückt. Ihr fehlen die Worte. Mir auch. Fassungslos starre ich auf die *Hüpfende Alte*. Mein Herz rast, die Handflächen sind schweißnass und meine Beine zittern. Trotzdem tragen sie mich näher an die Holzskulptur. ‚Das darf nicht wahr sein', denke ich und bete, dass es nicht das ist, was ich befürchte. Ich schiebe mehrere Ah und Oh intonierende Barlach-Begeisterte beiseite und schaffe es immerhin bis auf einen Meter an die Skulptur heran. Ich gehe in die Hocke und beuge mich vor, um einen Blick auf das kleine Schild zu werfen, das am Sockel klebt: „*Hüpfende Alte*" mit Jahreszahl und dem Hinweis, dass es sich um eine Skulptur aus Mooreiche handelt. Ich scanne den QR-Code neben den Angaben und lande auf der Webseite der Stiftung. Da thront sie, „meine" *Hüpfende Alte*, geschmückt mit einem Zitat von Ernst Barlach aus seinem Gespräch mit Friedrich Schult, in dem er erklärt, dass die Schneckenhexe mit ihrem wirbelnden Tanz all jene mit sich fortreiße, die sich ihrem Einfluss nicht entziehen können. Ich erfahre, dass die Figur als verschollen galt und nur noch dieses eine Exemplar existiert – das Werkmodell aus Gips ist den Wirren des Krieges zum Opfer gefallen. Ich atme tief durch und umrunde den Sockel wie im Rausch. Das Adrenalin in meinen Adern erklärt, warum ich bei dem Versuch, die Rückseite der Skulptur näher in Augenschein zu nehmen, der netten PR-Referentin der Stiftung sehr undamenhaft auf den Fuß latschte. Ich brummele eine Entschuldigung und beuge mich zum eingemeißelten Namenszug des Künstlers vor. In das dunkle, schwarz gemaserte Holz ist in eckigen Lettern Barlachs Signatur eingemeißelt. Ich gehe so nah heran, dass ich fast mit der Nase das CH berühre, das in einer Linie durchgezogen scheint, und da sind sie: zwei dunklere Punkte schräg unterhalb des H-Bogens. Wenn man den Kopf dreht, sieht es aus wie ein schlechtgelauntes Smiley. Bis zu diesem Moment glomm in meinem Herzen noch ein winziges Fünkchen Hoffnung – nun erstickt von einem dämlichen Strichmännchengesicht.

Ich wanke auf einen Stuhl zu, greife mir im Vorbeigehen zwei Gläser Sekt vom Buffet und lasse mich auf die Sitzfläche plumpsen. Das erste Glas kippe ich in einem Zug runter. Tante Hiltrud setzt sich neben mich und strahlt mich aus glasigen Augen an. Dann beugt sie sich zu meinem linken Ohr vor und haucht mir mit alkoholgeschwängertem Atem zu: „Ist das nicht irrsinnig, Lulu? Endlich hab ich meine *Hüpfende Alte*! Zum Glück hat das Haus genug gebracht, um mitbieten zu können."

Ich verschlucke mich am zweiten Sekt, huste und krächze schließlich: „Wie, Haus?"

Das zarte Rosa auf Tante Hiltruds Wangen schlägt in ein Bluthochdruckrot um und verteilt sich in Windeseile auf ihrem gesamten Gesicht. „Na ja", stammelt sie, „ich hab Horsts Rostocker Haus verkauft. Aber du darfst nichts verraten. Ich hab das Geld anonym gespendet für die Skulptur. Wir hätten doch sonst keine Mittel für die Anschaffung gehabt." Mit „wir" meint sie die Stiftung. Das Haus von Tante Hiltruds verstorbenem Mann Horst ist eine Jugendstilvilla aus dem neunzehnten Jahrhundert und war Tante Hiltruds Altersvorsorge. „Als mir die Skulptur angeboten wurde, konnte ich kaum glauben, dass sie echt ist." Oh Trudchen, hättest du nur mehr gezweifelt! „Aber ich hab alles eingehend geprüft – die Gutachten, die Figur selbst und …"

Tante Hiltruds Redeschwall ergießt sich über mein Ohr, doch was sie sagt, höre ich nicht mehr. Ich habe keine Ahnung, wo diese ganzen Expertisen herkommen, von denen sie faselt, aber eines weiß ich: Sie sind allesamt falsch. Die Figur ist mitnichten über neunzig Jahre alt, sie hat trotz ihres Aussehens gerade mal sechsundzwanzig Lenze auf ihrem eichenen Buckel. Damals war ich als Restauratorin bei einem großen Museum angestellt. Mein Chef hielt sich für den größten Barlachexperten unter der Sonne und ging meinen Kollegen und mir auch sonst gehörig auf den Wecker. Nach diversen alkoholischen Getränken in einer damals sehr verruchten Kellerbar schloss ich eine fatale Wette ab: Ich würde ein Barlachkunstwerk zaubern, dass selbst den großen Professor Doktor Doktor täuschen würde. Bevor er jedoch das Werk zu Gesicht bekam, überfielen mich Skrupel und die Skulptur verschwand auf meinem Dachboden – bis zum heutigen Tag!

Wie kommt diese verdammte Alte von meinem Dachboden in Elmshorn hier nach Güstrow auf einen weißen Sockel? Ich angele von einem vorbeischwebenden Tablett, an dem ein junger Mann hängt, zwei weitere Gläser. Eins davon wird unverzüglich von Tante Hiltrud konfisziert.

„Weißt du", nuschelt sie, „die anderen Kuratoriumsmitglieder waren skeptisch. Aber ich hab sie alle überzeugt!"

‚Ganz toll, Trudchen', denke ich. ‚Sobald deine Kumpels von der Stiftung mitkriegen, dass deine größenwahnsinnige Nichte dieses Meisterwerk geschaffen hat, bist du weg vom Fenster. Wahrscheinlich werden dir sämtliche Auszeichnungen und Preise aberkannt und du erhältst lebenslanges Hausverbot in sämtlichen Barlachmuseen der Welt. Aber das macht ja nichts, du hast ja immer noch das Haus in Rostock, wo du dich vor der Welt verstecken kannst – ach, nein! Das hast du ja verscherbelt.' Ich könnte schreien, trinke aber stattdessen den Sekt aus – das fällt weniger auf. Wie komme ich aus dieser Nummer raus, ohne Tante Hiltruds Karriere und das Renommee der Ernst-Barlach-Stiftung auf ewig zu ruinieren? Und überhaupt – wie kommt die verdammte Alte … in diesem Moment trifft mich der Peitschenschlag der jähen Erkenntnis: Heiner! Er ist zwar nach unserer Scheidung ausgezogen und wohnt zurzeit in unserem – na ja, jetzt seinem – Ferienhaus in Boltenhagen, aber hat immer noch einen Schlüssel. Wahrscheinlich hat er schon vor Monaten die Skulptur aus dem Haus geschafft. Und jetzt will er mir eins reinwürgen. Bestimmt gibt er in den nächsten Tagen der Presse einen Tipp. Was mach ich bloß? Ich greife nach dem nächsten Glas Sekt, stelle es dann aber wieder zurück. Ich brauch einen klaren Kopf. Wenn ich nachweisen kann, dass er die *Alte* in Umlauf gebracht hat, muss er die Füße stillhalten, wenn er nicht wegen Betrugs im Knast landen will. Ihn zu konfrontieren, bringt nichts. Er würde mich in Nullkommanichts in Grund und Boden quatschen. Ich brauche Beweise.

„Tante Hiltrud, wann …" Aber Tante Hiltrud sitzt nicht mehr neben mir, sondern gibt zusammen mit der Geschäftsführerin der Stiftung dem Reporter des Güstrower

Lokalsenders ein Interview. Also pirsche ich mich an die nette Frau von der Öffentlichkeitsarbeit ran, der ich vorhin so rüde auf den Fuß getreten habe, und frage, wie denn diese „fantastische Neuerwerbung" zustande gekommen ist. Sie erklärt mir mit einem Augenzwinkern, dass meine heißgeliebte Tante komplett in die Barlach'schen Frauenfiguren verschossen ist. Besonders die Alten haben es ihr angetan. Deshalb verbringt sie seit Jahren Unmengen an Zeit im Internet, auf Aktionen, Kongressen und anderen Veranstaltungen, auf denen sich die Kunstwelt so rumtreibt, und versucht, die hölzernen oder bronzenen Damen nach Güstrow zu holen. Vor einigen Monaten sei ein renommiertes Aktionshaus an sie herangetreten und habe ihr die *Hüpfende Alte* aus Privatbesitz angeboten.

Vor mehreren Monaten. Da war ich auf Recherchereise in Weimar in der Hoffnung, Goethe und seine Christiane Vulpius könnten mich schreibmäßig entblockieren. Das war zwar ein Irrtum, aber Weimar hat mir gut fallen. Heiner hatte offenbar die Gunst der Stunde genutzt – ich bring dich um, du Mistkäfer!

Aber ein paar gut zueinander passende Daten reichen nicht aus, um meinen Ex aus der Reserve zu locken. Zum Glück hab ich vor meiner Zeit als Autorin den ein oder anderen Restaurationsauftrag für dieses Aktionshaus übernommen und tausche seitdem zum Geburtstag und zu Weihnachten nette Postkarten mit der Chefsekretärin aus.

Als ich am nächsten Morgen dort anrufe, komm ich nach dem üblichen Klatsch und Tratsch zur Sache. Und Cordula, die kurz vor der Rente steht und in Altersteilzeit ist, freut sich, etwas tun zu können, das ihre Nachfolgerin, die auf der Bezeichnung „Assistenz der Geschäftsleitung" besteht, nicht spitzkriegt. Binnen weniger Minuten hat sie mir den Vorgang aus dem   Computer   gezogen.   Unbeleckt   von

Datenschutzbedenken oder kriminell induzierten Skrupeln vertraut mir meine Freundin die Namen der Vorbesitzer an und schickt mir über ihr privates Handy Kopien der Expertisen.

„Schön, dass wir mal wieder Zeit zum Quatschen hatten, Lulu", sagt sie zum Abschied. Ihre Stimme klingt satt und zufrieden. Ihr Chef hätte sie nicht drängen dürfen, kürzer zu treten mit dem Hinweis, dass sie in ihrem Alter nicht mehr so belastbar sei. Das hat er jetzt davon.

Ich nehme meine Notizen und das Smartphone und setze mich ins *Wallenstein*. Bei einem gepflegten Rosé und Ziegenkäse an Rucola mit Walnüssen gehe ich das Material durch, das Cordula mir gemailt hat. Eine Stunde und zwei Espressi später weiß ich, dass es Heiner nicht gewesen sein kann. Die Figur ist vor zehn Jahren das erste Mal auf den Markt gekommen, angeblich aus dem Nachlass eines grönländischen Pfarrers mit Namen Broberg, der die Figur kurz nach dem Krieg von Barlachs Lebensgefährtin Marga Böhmer als Geschenk erhalten haben soll.

Als ich den Nachnamen lese, geben die kleinen Neuronen in meinem Hirn wie wild Rauchzeichen. Broberg – so hieß doch einer der beiden Burschen, die damals bei uns eingebrochen haben, vor ziemlich genau zehn Jahren. Ich schnappe mir mein Handy und brauche exakt eine Milchkaffeelänge, bis ich weiß, dass der Bursche als – ich fass es nicht – Jugendbetreuer bei der evangelischen Kirche in Elmshorn arbeitet.

Tante Hiltrud ist sehr enttäuscht, dass ich schon wieder abreise. Sie erkundigt sich mitfühlend nach meiner Schreibblockade, die noch kein bisschen geschrumpft ist, und ich verspreche hoch und heilig, sobald ich kann zurückzukommen zu Barlach, seiner hingebungsvollen Lebensgefährtin Marga Böhmer, der *Hüpfenden Alten* und meinem Lieblingstantchen.

Till Broberg ist klein, drahtig und irgendwie alterslos – er sah schon vor zehn Jahren so verlebt aus wie heute, obwohl er damals gerade Anfang dreißig war. Wir sitzen im Gemeinderaum auf Buchenstühlen, die in den Neunzigern mal modern waren, haben einen Kaffee vor uns, dessen Geruch meine Magensäure in Wallung bringt, und sehen uns etwas verlegen an. Seit dem Täter-Opfer-Ausgleich nach dem Einbruch in unserem Haus hab ich ihn nicht mehr getroffen. Heiner hatte damals die Idee zu diesem Ausgleichdings. Er fühlte sich durch den Einbruch verletzt und gedemütigt. Die Täter hatten nur die Unterhaltungselektronik und meinen Schmuck mitgenommen und die Werke meines Exgatten links liegen gelassen. Die entsprechende Kränkung hatte er damals natürlich nicht zugegeben. Genauso wenig wie die Tatsache, dass er total neugierig war, wie so ein Täter-Opfer-Ausgleich abläuft. Er hat das Erlebte auch prompt in seinem nächsten Machwerk verwurstet. Till hieß dort zwar Matthies und kam nicht besonders gut weg, aber abgesehen davon fand ich unsere Sitzung fast eins zu eins zwischen den Buchdeckeln wieder.

„Der neuste Roman von ihrem Mann ist echt der Hammer." Till sieht mich an und bringt so was wie ein Lächeln zustande.

Das wollte ich jetzt so ganz und gar nicht hören. Aber war ja klar, dass der weder meine noch sonst irgendwelche Liebesromane liest.

„Seit unserem …" Er zögert kurz. „… Gespräch damals bin ich ein absoluter Fan."

Das wird ja immer besser.

„Irre, wie der schreiben kann. So 'ne Ideen muss man erst mal haben. Ich weiß nie, wer der Mörder ist – bis zum Schluss."

Ich schiebe den inzwischen lauwarmen Kaffee außer Riechweite, sonst wird mir noch schlecht. Viel fehlt nicht mehr.

„Ich hab jedes seiner Bücher. Und alle signiert."

Jetzt reicht's! „Haben Sie damals meinen Barlach geklaut?"

„Hä?"

„Als Sie bei uns eingebrochen sind."

„Schon klar." Er nimmt einen Schluck Kaffee. Der schreckt auch vor nichts zurück.

„Eine Holzfigur, knapp einen Meter hoch." Ich zeige ihm ein Handyfoto.

„Nee." Mit einer sparsamen Bewegung des Kopfes verneint er. „Die wär doch viel zu schwer gewesen. Wo soll denn die gestanden haben? Im Wohnzimmer?"

„Auf dem Dachboden."

„Da gucken wir nie nach. Da steht ja meist nur alter Kram. Das Risiko lohnt nicht."

Auch Einbrecher haben offenbar so etwas wie Arbeitsroutinen.

„Ist die denn weg?"

Ich erzähl ihm lieber nichts von meinem Problem, sonst kommt zu Einbruchdiebstahl möglicherweise noch Erpressung hinzu. Und ich möchte seine offenbar halbwegs gelungene Resozialisierung nicht gefährden.

Ich verabschiede mich, bedanke mich noch mal, sitze eine halbe Stunde später wieder zu Hause auf dem Sofa und starre auf die Bücherregale. Sogar so ein unterbelichteter Krimineller liest Heiners Romane. Warum hab ich bloß einen Bestsellerautor geheiratet? Selbst wenn er aus meinem Leben verschwunden ist, seine Bücher werden mich immer verfolgen – in jeder Buchhandlung, im Internet, im Fernsehen, auf den Buchmessen und selbst im Gemeinderaum einer kleinen Elmshorner Kirchengemeinde. Aber wenigstens aus meinem Haus kann ich sie verbannen. Ich stehe auf und greife mir wahllos eines seiner Machwerke aus dem Regal. Das Cover zeichnet sich durch dunkle Farben, eine Frauengestalt mit weit aufgerissenen Augen und jede Menge blutroter Akzente aus. Ich lasse es auf den Boden fallen und nehme das nächste. Ebenso düsterblutrot mit seinem Namen in überdimensionalen Lettern. Nachdem bereits ein riesiger Bücherhaufen auf dem Wohnzimmerteppich gelandet ist, ist das Regalfach fast leer. Nur eins seiner Frühwerke ist nach hinten gerutscht. Ich stelle mich auf die Zehenspitzen und ziehe es nach vorne.

„Blutrausch" – toller Titel. Auf dem Cover mal wieder eine Frau, diesmal auf dem Boden sitzend, der Kopf nach vorne gesunken, der rechte Oberarm mit einem Gürtel abgebunden. Eine Spritze steckt in ihrer Ellenbogenvene. Den Roman hatte er vor meiner Zeit geschrieben, als er zwar noch nicht die Ruhmeshalle der Bestsellerschreiber betreten hatte, sich aber schon ganz ordentlich verkaufte. In unserer Anfangszeit hatte ich sogar ein paar seiner Bücher gelesen. Ich war verliebt und zu jedem Opfer bereit. Dieses Buch gehörte dazu. Ich blättere durch die vergilbten Seiten und Erinnerungsfetzen steigen aus dem Buchstabengewirr hoch, formen sich zu Bildern, zu Szenen und … hektisch überfliege ich den Inhalt und finde das Kapitel, das ich suche. Das unglückliche Mädchen vom Cover nutzt einen Einbruch in ihrem Elternhaus, um ein paar Schmuckstücke abzugreifen und zu verhökern. Ein übler Verdacht beschleicht mich.

Bevor ich mir Gewissheit verschaffe, hol ich mir ein Glas Rotwein aus dem Keller. Dann setz ich mich im Schneidersitz vor den Bücherhaufen und quäle mich die nächsten zwei Stunden durch jede Menge „Nackt und zerhackt"-Thriller. Irgendwo zwischen dem dreiundzwanzigsten Buch und dem dritten Glas Wein werde ich fündig. „Blutige Kunst" heißt das Werk, das mir in allen Einzelheiten erklärt, wie man Expertisen fälscht und gestohlene Kunstwerke in den Kunstmarkt einschleust. Mein Ex hat schon immer sehr gründlich recherchiert. Nebenbei gibt es natürlich noch jede Menge Leichen – unter einem halben Dutzend macht es Heiner nie.

Jetzt muss ich nur noch rausfinden, wann er die Figur vom Dachboden geholt hat. Ich durchforste meine alten Kalender und finde wenige Wochen nach dem Einbruch mehrere Einträge zu einer Lesereise. Ich in Bayern, die Kinder bei Schwiegermutti – Heiner konnte ja nicht zugemutet werden, neben dem Schreiben noch drei Teenager zu versorgen.

Ich greife zum Telefon. Am andern Ende der Leitung meldet sich Heiners schlafwarme Stimme. „Wir müssen reden", sage ich.

Vier Stunden später ist Heiner tatsächlich in Elmshorn. Er hat dunkle Ringe unter den Augen, bringt die nervöse Unruhe von zu viel Energydrinks und einen dezenten Geruch nach ungewaschenem Bettzeug und Ostsee mit. Ich sitze auf meiner Couch, die mal unsere war, zupfe zwei Katzenhaare von meiner Jeans und starre auf den hellen Ring, den die heiße Kaffeetasse auf dem Teaktisch hinterlassen hat. Mein Mann ist ein Betrüger, meine Tante wahnsinnig und die Barlach-Stiftung drauf und dran, ihren guten Ruf zu verlieren – sollte jemals rauskommen, dass die *Hüpfende Alte* deutlich jünger ist, als sie aussieht. Hochmut, eine der sieben Todsünden – das Bild von Hieronymus Bosch habe ich übrigens auch recht ansehnlich kopiert –, kommt vor dem Fall. Wäre ich demütiger gewesen und hätte mich damals nicht auf diese dämliche Wette eingelassen, wär all das nicht passiert.

Aber Selbstbeschimpfungen helfen mir jetzt nicht weiter.

„Hör zu", sage ich.

Heiner rollt mit den Augen.

Ich umschiffe die Klippen der überflüssigen Wiederholung – früher liefen unsere Beziehungsdiskussionen immer gleich ab: Hör zu (ich). Mach ich doch (Heiner). Machst du nicht, sonst würdest du mich nicht unterbrechen (ich). Mit dir kann man einfach nicht diskutieren (Heiner). Doch, kann man, aber du kannst nicht mal fünf Minuten die Klappe halten und zuhören (ich). Empörtes Schnauben (Heiner). Also, hör zu … (ich).

Ich ignoriere also seine genervte Mimerei und komme gleich zur Sache: „Du hast vor zehn Jahren meinen Barlach geklaut und verhökert." Er öffnet den Mund, doch ich lasse ihn erst gar nicht zu Wort kommen. „Ich hab deine alten Kontoauszüge gesehen. Du hast in den folgenden drei Jahren insgesamt knapp zweihunderttausend Euro bar eingezahlt." Er schnappt nach Luft. „Du hast dich ganz schön übers Ohr hauen lassen. Der echte Barlach wäre mindestens eine halbe Million wert gewesen." Er wird so bleich wie der graue Milchfilm auf dem inzwischen kalten Kaffee.

„Eine ha-halbe Million?", stottert er.

„Du gibst es also zu!"

Er schweigt. Das ist so gut wie ein Geständnis. Dass der geniale Thrillerautor Heiner Weiß bei einem seiner dubiosen Geschäfte über den Tisch gezogen worden ist, wird er so schnell nicht verwinden.

Ich betrachte seine beredte Mimik und genieße mein inneres Bratkartoffelessen. Dann gehe ich in die Küche, um neuen Kaffee aufzugießen und ihm Zeit zu geben, sich zu fangen. Für das, was ich jetzt vorhabe, wird er alle seine kleinen grauen Zellen benötigen. Da ist kein Platz für Larmoyanz und Selbstmitleid.

Drei Tage, zahlreiche Telefonate, mysteriöse Briefe per Kurier und konspirative Treffen mit wenig vertrauenerweckenden Personen später – ich hatte während unserer gesamten dreiundzwanzigjährigen Ehe nicht einmal die homöopathische Dosis einer Ahnung, wen Heiner alles so kennt, angeblich nur durch seine Romanrecherchen – bin ich auf dem Weg zurück nach Güstrow. Diesmal gemeinsam mit meinem Ex und in einem Wagen, der nicht uns gehört. Ich bin so aufgeregt wie Tante Hiltrud, als sie ihre geliebte *Hüpfende Alte* endlich der Öffentlichkeit präsentieren durfte.

Es ist bereits ziemlich spät abends und während Heiner die A 20 langbraust, formen sich in meinem Kopf die ersten Seiten meines neuen Romans. Wahnsinn – gelobt seien all die körpereigenen Rauschstoffe. Dass der zukünftige Geliebte meiner Heldin sich als Kunsthehler entpuppt, beunruhigt mich zwar etwas. Aber was soll's. Hauptsache, ich bin meine Schreibblockade los.

Wir folgen einem minutiös abgestimmten Plan, als wir uns komplett in Schwarz dem Atelierhaus nähern. Ich werfe einen Blick auf Heiner, der für sein Alter immer noch irre gut aussieht, und fühle mich ein bisschen wie Jennifer Hart aus dieser amerikanischen Achtzigerjahre-Serie, nach der meine große Schwester süchtig war. Die nächsten Minuten rasen an mir vorbei, als wäre ich auf Speed – jedenfalls vermute ich, dass sich ein Speedrausch so anfühlt. Ein smarter Mittsechziger, der gestern mit uns noch Mai Tais geschlürft hat, scheint tatsächlich etwas von seinem Job zu verstehen, jedenfalls kommen wir ohne Probleme mit der Sicherheitstechnik in das Atelierhaus, können die Laufkatze in Gang bringen und wenig später sehen wir dem Transporter mit den gefälschten Nummernschildern nach, der die hundertfünfzig Kilo schwere *Alte* abtransportiert.

Am nächsten Morgen ist die Kunstwelt in Aufruhr, die Presse voll entsprechender Schlagzeilen und die *Hüpfende Alte* wieder auf meinem Dachboden. Ich kann nur hoffen, dass Heiner wirklich so genial ist, wie er glaubt, und die drei Tage, in denen wir gemeinsam den ultimativen Kunstraub ausgetüftelt haben, meine Zeit wert waren.

Tante Hiltrud sitzt mir im *Wallenstein* gegenüber und sieht alles andere als glücklich aus. Während ich mich an meinem *Mecklen…Burger* auf Kubins hausgebackenen Brioche erfreue, hat sie ihren Heilbutt noch nicht angerührt. Ihr Blick hüpft zwischen den Schlagzeilen in der *SVZ*, die neben ihrem Teller liegt, mir und irgendeinem unbestimmten Punkt in der Ferne hin und her.

„Weißt du, Lulu", sagt sie leise, „das Geld ist nicht das Schlimmste. Die Versicherung wird wohl zahlen. Aber der leere Sockel. So einsam und verwaist."

Ich verkneife mir anzumerken, dass sie sich um den nicht sorgen muss. Der steht vermutlich schon bald wieder zwischen seinen Kumpels im Lager der Stiftung.

Sie sieht mich unerfreulich durchdringend an, als erahnte sie meine Gedanken. Plötzlich verändert sich ihr Blick. Ein Lächeln zupft die Trauerfalten in eine neue Form. „Ich könnte schwören, ich hätte dich gestern Nacht mit Heiner gesehen. In einer dieser schrecklich langweiligen Allerweltslimousinen."

Ich zucke zusammen – hoffentlich nur innerlich.

Tante Hiltruds Blick wandert kurz zum Fenster hinaus, dann wieder zu mir zurück. „Hast du dich nicht früher mal als Kopistin versucht? Ich erinnere mich noch an die wirklich gelungenen *Sieben Todsünden*, die du deiner Schwiegermutter zum Fünfundsechzigsten geschenkt hast. Vielleicht hast du ja noch ein paar Stücke bei dir zu Hause oder du könntest ein Replikat anfertigen? Dann käme meine *Hüpfende Alte* doch wieder auf ihren Sockel."

Jetzt bin ich es, die fast eine Herzattacke erleidet. Ich lasse die Gabel sinken und platsche mir dabei Barbecue-Soße auf die Hose. Tante Hiltrud lächelt mich so unschuldig an wie Miss Marple, die gerade den Mörder überführt hat.

Anmerkung der Autorin:

Das Gespräch mit Friedrich Schult hat tatsächlich stattgefunden, auch wenn darin keine Rede von einer wirbelnden Schneckenhexe war. Zwar hat Ernst Barlach meines Wissens die Holzschnitte zu Goethes Walpurgisnacht nie als Grundlage für eine seiner Plastiken verwendet – aber er hätte es tun können. Deshalb habe ich mir erlaubt, nicht nur Tante Hiltrud mit ihrer Begeisterung für die Barlach'schen Frauenfiguren, sondern ebenso die *Hüpfende Alte* zu erfinden. Auch sämtliche weiteren Vorkommnisse in und um die Stiftung haben sich nicht wirklich ereignet, sondern sind meiner Phantasie entsprungen.

Über die Autorinnen

Ulrike Bliefert

Jahrgang 1951, hat Germanistik, Anglistik, Theaterwissenschaft und Schauspiel studiert. Sie arbeitet als TV- und Filmschauspielerin (u. a. „Tatort"), Hörspielsprecherin (u. a. „Radio-Tatort"), Drehbuchautorin (u. a. „Tatort") und schreibt Krimis, Thriller und Kurzgeschichten.

Sie ist verheiratet mit ihrem Schauspielkollegen Laszlo I. Kish (u. a. „Tatort"-Kommissar) und lebt mit vier Katzen und einem Hund in einem idyllischen kleinen Dorf in Mecklenburg.

Uschi Kurz

Jahrgang 1956, hat Germanistik und Philosophie studiert und ein Volontariat beim Schwäbischen Tagblatt (Südwest Presse) in Tübingen gemacht. Sie arbeitet als Redakteurin in der Redaktion des Schwäbischen Tagblatts in Reutlingen und berichtet häufig über Strafprozesse. Sie schreibt Kriminalromane und Kurzgeschichten.

Sie lebt mit ihrer Familie und einem betagten Kater in dem kleinen Dorf Wannweil zwischen Reutlingen und Tübingen.

Astrid Ann Jabusch

Jahrgang 1958, erlernte die Uhrmacherei sowie die Elektronik und übte beides lange aus. Seit sie jedoch Ende des letzten Jahrtausends mit der Dichtkunst konfrontiert wurde, plant sie hauptberuflich abscheuliche Verbrechen, die sich in zahlreichen Kurzgeschichten meist vergnüglich auflösen.

Sie lebt mit ihrem Partner und Autorenkollegen Thomas R.P. Mielke („Gilgamesch", „Karl der Große", „Das Sakriversum" u.v.m.) unweit der Havel am Rande Berlins.

Anja Feldhorst

geboren 1965 im Auto auf der Fahrt ins Saarbrücker Krankenhaus, seit 1984 in Berlin und seit 2013 in der Prignitz zu Hause. Seit 1997 arbeitet sie als Autorin, Dozentin für kreatives Schreiben und Lektorin. Sie eröffnete 2018 den Prignitzer Schreibsalon, um Schreibwütigen in Onlinekursen und in der analogen Welt das kreative Schreiben näher zu bringen.

Sie lebt mit Frau, Hund, 22 Orpington-Hühnern und vier Bienenvölkern in Marienfließ in der Nähe von Meyenburg.